U0098376

HINT

HINT

鬼佛洞事件

究竟是天譴還是謀殺？海野十三偵探推理短篇小說集

海野十三——著
侯詠馨——譯

導讀

橫跨科幻、科學、推理及文學領域的開疆巨匠——海野十三

◎余小芳／台灣推理作家協會常務理事、暨南大學推理研究社指導老師

世界情勢下的愛國作家和科學推手

海野十三素有「日本科幻之父」的美稱，創作多產，書寫科幻小說、科幻推理、軍事及冒險小說等，對於文壇後進的影響無遠弗屆，如星新一、小松左京等科幻大家，「日本漫畫之神」手塚治虫等無不受其啟發。要認識這位同時跨足文學、科學的開疆巨匠，得從他的生長年代談起。

一八九七年（明治三十年）十二月二十六日，海野十三生於日本四國德島市德島本町，本名佐野昌一，其家族世代為德島藩的御醫。小學年紀因父親換工作

而遷居神戶市，一九二三年畢業於早稻田大學理工科後，任職通信省電務局電子試驗所，並與樋口貴子結婚。

生於明治年間，長於大正時代，終於昭和年代。從十九世紀後期到二十世紀上半葉，海野十三的一生見證日本軍事實踐及國力鼎盛的年華，以及軍國主義的擴張和挫敗。一八九四年日清戰爭、一九〇四年日俄戰爭，日本皆於翌年取得勝利，以外交能力及軍事實力晉升西方帝國主義列強。海野十三誕生的社會氛圍處於日本意氣風發的年代，孩童時代正是富國強兵理念昂揚之時，也是日本自詡現代化有成之際。

新舊觀念劇烈轉變，時代與文明長足進展，深諳無線電通信技術的海野十三極為信賴科學的力量，他認為日本要在未來生存的關鍵，和科學的連動與發展息息相關。其透過科幻的題材作為宣揚科學的媒介，藉以教育讀者，闡述科學或想像中的科學對於人類的影響，即便其幻想性又前衛的創作主題內容易遭致當代的質疑與抨擊，仍戮力推動科學大眾化的文藝運動。

「科學至上」的精神實則是科幻小說有別於其他幻想類型作品的核心所在，而海野十三的科幻小說頗具推理小說的懸疑色彩。為了替科幻小說找到新出路，致使科學的理念和開展更能被普羅大眾所理解，海野十三選擇向變化性高的推理小說靠攏，書寫變格推理，開拓偵探小說的版圖，並鎔鑄更高的趣味性，將更多的科學、奇異、幻想包裝於內，再把他對於國家的熱愛和忠誠展現於作品之中。

一九三一年滿州事變（九一八事變）爆發，埋下中日戰爭伏筆。一九四一年海軍省徵兵，海野十三以從軍作家的身分受命擔任海軍報導專員，一九四五年日本投降，曾完成遺書，欲偕同全家自殺殉國，最終未能成行。文壇摯友小栗虫太郎一九四六年腦溢血辭世，對海野十三無疑又是一記重擊。一九四九年（昭和二十四年）因肺結核溘然長逝，戰敗後在咳血和失落中結束其一生。故鄉德島市的德島中央公園設立「海野十三文學碑」以示紀念與表彰，碑上文字為「日本推理之父」江戶川亂步親筆所提。

調和推理素材及科幻內涵的大時代寫手

《新青年》雜誌由博文館創刊於一九二〇年，由森下雨村擔任總編輯，其經營方針為吸引年輕一代讀者，除了刊載國外翻譯的偵探小說之外，同時募集有志從事推理創作的新人投稿，因而造就日後舉足輕重的推理小說名家，如江戶川亂步、橫溝正史、甲賀三郎、夢野久作等人。而海野十三與推理文學接軌，亦與《新青年》雜誌的發行有關。

專事創作前，海野十三是通信省電子試驗所的技師，曾以本名出版專業技術書籍。一九二七年正式以海野十三之名發表首部科幻小說〈播送遺言〉，刊載於科學雜誌《無線電話》。一九二八年於《新青年》雜誌發表〈電器澡堂的離奇死亡事件〉步入文壇，同年和髮妻樋口貴子死別。之後持續不輟於《新青年》及其他雜誌發表作品，一九三〇年與神崎英結婚。

身處日本推理小說開創的關鍵時期，原本僅是想以海野十三的筆名創作以科學為基底的科幻小說，卻進一步涉足推理小說的領域，甚而名留青史。一般來說，海野十三因理科背景和職業的薰陶，他擅長將先進豐碩的科學知識結合謎團寫入作品，其特性及主題被歸類於「變格推理」之列。相較於「本格推理」指稱正統、傳統的解謎型推理小說，「變格推理」一度標誌了日本推理史上的浪漫主義風格。

變格派推理小說奇詭莫測、怪誕離奇，以詭譎陰森的氣氛營造為主軸，有時投注於科學幻想、異常心理的描繪，謎團通常異想天開或具備驚奇性，著重於出人意表的故事情節，內容大都陰森恐怖而荒誕，題材可能牽涉科幻、鬼怪、神奇和冒險等元素。而海野十三通過科學、解謎與幻想成分，運用別具風味且環環相扣的故事梗概形塑科幻推理，亦展現他獨樹一幟的創作長才。

在作家森下雨村的舉薦下，一九三三年在《少年俱樂部》上發表〈太平洋雷擊部隊〉，挾此契機，創作面向朝青少年族群擴大及轉移，再拓展至外太空及異星球生物的嶄新內容，更能闡發其科學普及的教育理想。海野十三原本預期科幻、科學小說能扣合時代腳步進而大為風行，然而第二次中日大戰期間，日本政府全面禁止「敵性文學」的政策，出版業大為震盪，必須轉型、停刊或停止出版，眼見科幻小說復甦無望，偵探小說亦遭逢禁止的命運，事與願違之中，遂改寫符合國家政策的小說，大量撰寫軍事、冒險與科幻文學。當時也使用一九三二年便啟用的丘丘十郎筆名寫作。

熱愛大日本帝國，在戰爭時響應皇國思想，身為作家的海野十三，在戰後背負起鼓吹戰爭的責任。海野十三曾有一段時間在日本剝奪公職政策中受到波及，這是從政府機構、企業、事業單位等的要職中，驅逐戰犯及軍國主義傾向者的策略，海野十三為此停筆。科幻與推理小說之外，海野十三另於間諜、軍事類、少年小說的創作成就甚深，因此未因政府的政策而全然封筆，他深知科學之利，並因戰爭肆虐的荒涼國境景象而更加了解科學搭載人類意志的危險，即便如此，至辭世前仍寫著趣味及娛樂性強烈的科幻推理作品。

海野十三推理選集的偵探帆村莊六身影

海野十三是日本科幻小說的先驅，熱中於發表空想科學小說，另因創造以名偵探帆村莊六為偵查要角的偵探小說而在推理文壇佔有一席之地。名偵探帆村莊六活躍於一九三一年至一九四九年，以科學技術和心理認知為書寫基礎，為作家生平經歷及思想價值的投影。

關於偵探帆村莊六（ほむら そうろく）命名緣由共有兩大說法，一為推理文壇泰斗橫溝正史提出的火焰（ほむら）與蠟燭（ろうそく）變形搭配說。再者為日本推理大師江戶川亂步所言的夏洛克・福爾摩斯（シャーロック・ホームズ）拼音倒錯由來說，若將夏洛克・福爾摩斯的日文拼音顛倒，便會近似於帆村莊六的日文發音。經由推理研究者的考察，目前福爾摩斯日文諧音說獲得較普遍的支持。

理學士帆村莊六的人物設定十分符合海野十三的服膺科學知識的理想，同時具備古典神探一貫的特質。父親是鐵道公司的顧問，太太則是在〈蠅男〉事件結識的富豪之女，他的面相白皙、身材高䠷、頭腦絕頂聰明又機靈，屢破奇案而為警界所信賴，比如曾追查人體改造或盜取人類腦髓等奇異案件，甚至將辦案場域移至宇宙。雖生活細節不明朗，舉措特殊且言行難以捉摸，但有著相當人性化的一面，會承認自己推理錯誤及表露懊悔的心情，也曾解開犯罪手法後，卻因一時雀躍而忘記破案，或者由於氣球爆炸而受傷等，讀來親切可愛。

然而青年偵探帆村莊六並不全以年輕人的姿態出現，其曾因現實面的國家政策因素，導致作者暫時無法使用海野十三的筆名寫作而退場。後因讀者熱切期盼而於戰後再度登臺，只是此時的帆村莊六戴著細邊黑框眼鏡，是頭頂較為稀薄的中年樣貌，甚至在其他篇章呈現白髮蒼蒼的年老樣態。

本書收錄的作品橫跨偵探初登場的一九三一年到一九四一年，發表年代分別為一九三一年〈麻將殺人事件〉、一九三二年〈西湖屍人〉及〈爬蟲館事件〉、一九三八年〈東京要塞〉和〈數字密碼〉，以及一九四一年〈鬼佛洞事件〉。立基於現實生活中，篇幅內可見時代產物和文化更迭的痕跡，比如〈麻將殺人事件〉中女性在生理期間使用脫脂棉，或〈爬蟲館事件〉帆村莊六點燃一根現已從市面消失的櫻桃Cherry香菸品牌，失蹤的動物園園長曾參與過日俄戰爭等。

〈麻將殺人事件〉和〈爬蟲館事件〉歸屬日常生活及職場的完全犯罪，通過對話及調查掌握人際關係和鎖定嫌犯的犯罪手法。〈西湖屍人〉瀰漫懸疑氣氛，搭配超常現象實驗繪聲繪影塑造了「死後世界」，闡述中國浙江杭州貴族青年在夜裡銀座巷弄如殭屍般質問路人自己是否已死，氛圍詭譎，偵探則組織線索且給予合理解釋。至於〈鬼佛洞事件〉描述女偵探風間三千子受命於特務機關，在中國從事的最後一項任務是探訪傳說中充滿奇怪事件的鬼佛洞，並目睹怪奇案件的過程，後由帆村莊六翩然推敲解決。

〈東京要塞〉曾改編電影搬上大螢幕，由日本演員江川宇禮雄擔綱演出，神祕的機密工程背後目的不明，如何連結中日戰爭後，大國透過遣日艦馬爾號致贈忠魂紀念塔成為看點，使得冒險、軍事及間諜風味極濃。〈數字密碼〉則敘述緊張的國際情勢底下，偵探從事的祕密間諜行動，題材屬於暗號推理的範疇。

喜愛科學知識和誓死效忠國家的海野十三，熱愛英國科幻小說家H・G・威爾斯之流的作品，推廣科學大眾化的文藝運動，目的在於促使科學教育普及化，並於有生之年體認人類欲望促發科學失控的事實。以科幻的趣味創作推理小說，用推理的謎團傳播科學的概念，「科學至上」的核心價值觀念是海野十三的創作初衷，此橫跨科幻、科學、推理及文學領域的開疆巨匠，其作品絕對值得細心瀏覽及品味再三。

註 二戰前的日本推理小說，原以偵探小說為名，一九四六年文字改革，因限制日文中的漢字字數，故而取消「偵」字，偵探小說改稱推理小說，並蔚為流行。筆者行文為求統一，多以「推理」二字統稱。

目次

麻將殺人事件

不久，偵探安靜地站起來，離開松山死亡的房間，再次喀喀喀地回到樓上。他不再是老師，也不再是阿帆先生了。他已經完全恢復成那名掌握帝都黑暗界鑰匙的名偵探帆村莊六。

1

對於當今炙手可熱的青年偵探帆村莊六來說，那是一個他怎麼也甩不掉的、一輩子的大醜態。

即便是像帆村偵探這樣的人物，竟也曾經粗心大意地錯過了逮捕殺人犯的機會，那殺人犯還在他稍微伸長手就碰得到的極近距離坐了好幾個小時。不對，事情還不只是這樣，帆村偵探竟然從頭到尾都沒有察覺那場在他面前上演的殺人事件，難怪他後悔莫及了。

「太專注於**輸贏**了，所以才會出差錯啊……」

如今，他回想起這件事，仍然會氣得捶胸頓足，看來似乎十分難忘。他沒發現殺人事件，而且還呆呆地望著，現場的情況大致如以下的敘述。

事件發生在一個悶熱的盛夏之夜。

彷彿彙集了整個大東京的荷爾蒙、充滿精力的新市街——也就是我們的新宿區，正處於宛如油鍋之中的酷暑。在這麼炎熱的天氣之中，住在新宿更遠處的A町、B町、C町等郊外住宅區的年輕人們，仍然熙來攘往地走在人行道上。看來郊外的住宅也沒那麼涼爽。

帆村偵探穿越人行道，走進兩棟巨大建築物之間的小路，推開盡頭處高懸著「麻將」兩字的美麗電燈招牌的屋子大門，走了進去。他沒被酷暑擊倒，心情好得不得了。這是因為前天晚上，他解決了困擾許久的重大事件，卸下了肩頭的重擔，又感受著許久不曾放假的喜悅滋味，像個孩子般興奮。今晚，他要縱情地與沉迷三年的麻將廝殺一番。

帆村拉開麻將館的棋牌室簾子，同時大叫：

「啊，這下不好啦。」

這麼熱的天氣，人潮卻滿到完全沒有立足之地。

麻將女服務生小豐以皺巴巴的手帕擦拭鼻頭上冒出的汗珠，說：

「歡迎光臨。今天是星期六晚上，才會這麼熱鬧，老師——」

「小豐，別叫我什麼老師了。那位星尾信一郎才是真正的老師，妳反而阿信、阿信叫個不停……」

「這可不行啊，老師。」

小豐按著染成緋紅色的耳朵。

「星尾先生正好來了呢。要是被他聽見了，人家會不好意思啦。」

「哪有什麼不好意思的呢？豐豐。」

帆村愈來愈開心，話也多了起來。

「這種事就是要被聽見，才能快點達成目的啊。還是我真的去跟阿信說吧。說是小豐有個古典的煩惱，問一下老師的意見如何？不過，只要妳發誓，不再叫我老師，我就不會去問囉。」

「別這樣啦。」

有人叫著：

「小豐，計分！」

「好，馬上來。」

她回答後，又低聲對帆村說：

「阿信他們那群人今天白天就來了，現在在貴賓室哦。帆村先生也去瞧瞧吧。」

所謂的貴賓室，是位於大房間隔壁的狹長房間，這裡倒是特別寬敞，擺著四張麻將桌，椅子與牌組也相當高級，桌巾也是白綢製品，相當奢華。帆村走進來一看，每張桌子都有客人。離窗子最近的桌子坐著小豐口中的「那群人」四人組，圍著一張桌子，沉迷於牌局之中。帆村把身子倚在一旁的長椅上，只能靜候座位空出來。他有意無意地把臉朝向「那群人」的方向。

「天氣這麼熱，全都是太陽黑子造成的哦。」

背對簾子坐著，離入口最近的理科大學星尾副教授說著，將麻將牌組搓得嘩啦作響。

「太陽黑子什麼的，滾啦！……嘿，我摸到好牌了。」

心情大好的其中一人，坐在星尾助教授的對面，是慶應男孩[1]兼游泳選手的松山虎夫。

「今天都沒摸到好牌呢。」

說話的是坐在松山左手邊的川丘綠，她噘著豔紅色的唇瓣抱怨著。接著她伸長了象牙一般雪白滑嫩的手臂，打出一張牌。

有人叫：

「胡了。」

同時張開自己的手，那是綽號「炫豆」的美少年——園部壽一。雖說是少年，不過他就讀大學的建築系二年級，是這群人中年紀最輕的男性，川丘綠十九歲，所以園部壽一比她年長一點。

小綠有點難受地睜開她那綽號「小狐狸」略微上吊的浮腫眼皮說：

「園部先生，開點窗戶吧，好熱哦。」

坐在最角落的園部便起身將窗戶往上抬。強風迅速從窗戶流洩而入。

這時，正好空出一個位置，於是帆村便加入那一桌，開始牌局。他的座位正好可以看到那群人牌桌的正面，於是他會趁著摸牌的空檔，不時抬頭，有意無意地從後面看看星尾副教授的牌組，或是偷瞄川丘綠雪白的頸項。

後來，帆村愈來愈熱中於牌局裡，沒有餘力觀察那群人的所有行動了，事後回想起來，倒也不是沒看到以下發生的事情。

首先，麻將女服務生小豐走進來，靠在星尾副教授的背後，一直採取積極的態度，相對於此，星尾似乎覺得有點困擾，帆村發現之後覺得有點好笑。

第二，松山好像喜歡運動，總是大聲地：

「嘿。」

摸著桌上排好的牌組。仔細一看，還能發現他每次都很用力在搓麻將牌面的圖案。因此，帆村總覺得他的大拇指指腹應該很痛吧。這是他的壞習慣。

譯註1 指就讀慶應義塾大學的男學生，通常給人富裕的形象。

第三，星尾副教授胡了一把大的，高興地跳起來，正好把隔壁園部的茶杯給打翻了。大家鬧哄哄地把牌移開，擦拭沾濕的地方，叫人拿來新的桌巾，四個人拉著四個角落，再用圖釘固定在桌子上，鬧了一場。有一回，松山大聲叫：

「啊，好痛！」

便看到他把指尖放進嘴裡舔舐。好像做了什麼亂來的事。好像有人罵了他，又聽到一串爆笑聲，後來也不知道怎麼了，他們一群人突然陷入寂靜。

「阿綠小姐，妳怎麼了？妳還好嗎？」

聽見園部瘋狂呼喊坐在他對面的小綠，帆村不覺嚇了一跳。抬頭一看，不知道是怎麼了，川丘綠的臉色蒼白。總是白皙通透的肌膚，完全沒了血色，彷彿隔著好幾層的玻璃透出來似地。園部一樣面色鐵青，擔心地緊鎖眉頭，窺探著小綠的臉色。

「妳應該趕快看醫生，我馬上幫妳找醫生……」

園部似乎擔心得不得了，坐立難安。

星尾副教授擱下牌局說：

「阿綠小姐，妳不舒服嗎？」

「沒關係，馬上就好了。」

「可是……還是看一下醫生比較好，對吧？對吧？」

園部似乎馬上就要衝出門了。這時帆村才猛然發現一件事。那群人裡，運動員松山虎夫與星尾副教授都在追求川丘綠，這是眾所周知的事實，他曾經聽說園部其實對小綠也有意思，看來傳言果然是真的。

「哦、哦、我……」

方才一直沉默不語的松山，突然痛苦地呻吟。

「我的頭好痛。頭昏眼花。我想休息一下，唔唔。」

說著，他站起來，搖搖晃晃地走出房間。

「怎麼一下子多這麼多病人啊。」

星尾低聲說著，同時毫無意義地笑了。

松山空下的座位，宛如缺了一顆的牙齒，帆村看了，湧起一股不舒服的感覺。那是不吉祥的預兆。好不容易才把偵探的思緒拋在腦後，跑來打麻將，本來應該很放鬆的心情，卻又在不知不覺中遭到攪亂。原本應該坐著四個人的麻將桌，其中一人離開去上廁所，明明是很常見的情況啊。為什麼自己會這麼在意這件事呢？他開始回想來到這家麻將館後發生的事，他本來打算沉迷在牌局之中，卻一直注意著隔壁桌的情況。他記得自己剛踏進這間房間的時候，川丘綠好像去上過一次洗手間。不過，當時並沒有異狀，他也不以為意。事到如今，他為什麼這麼在意呢？雖然都有一個空下來的座位，是不是因為現在小綠身體不舒服，才會讓他產生擔心的情緒呢？如果是這樣的話，說不定自己跟園部、星尾和松山他們一樣……，也愛上小綠了。

說到松山，他為什麼還沒回來呢？為什麼在川丘綠的臉色蒼白之後，松山也突然頭痛、生病了呢？松山真的是生病嗎？不知不覺中，各式各樣的疑問浮現在帆村的腦海之中。不對，這是他那可悲的偵探職業病。今晚不是要忘掉工作，只要打麻將就好了嗎？別想那些無聊事了……

不久，剩下來的星尾、園部及小綠三人，似乎已經放棄牌局的勝負了，他們離開桌子，走出房間。帆村偵探終於平復心情，又沉迷於牌局之中。

2

莫約三十分鐘後，帆村偵探這一桌也分出勝負了。最後一圈，他兩局賺了大約三千分，心情還不錯。離開桌子時，他環顧四周，發現旁邊桌子的客人全都離開了，五顏六色的牌組，隨意散布在白色的正方形桌巾上。拿出手錶一看，已經超過十一點了。

隔壁大房間的客人也稀稀落落。小豐一臉倦容，正在跟附近商店的老闆聊天。

「小豐，再見啦。」

「再見，老師……，不對，阿帆先生。」

「大家都回去了嗎？」

帆村只是隨口問問。

「小姐、園部先生跟阿信，剛剛才離開哦。只有松山先生還在裡面睡覺。」

「什麼？松山先生真的生病了嗎？」

帆村有點意外。

「也不知道是怎麼回事。他說他覺得很不舒服。剛才問他要不要幫他叫醫生，不過他說不用。阿信他們陪了他一陣子，可是時間很晚了，他們必須要回去了，於是請我幫忙照看一下，這才離開。」

「好像有點無情呢。」

「因為阿信他們住得很遠啊。只有松山先生住在這附近，待在這邊也沒關係哦。」

對於阿信他們的郊外生活，豐豐提出同情的辯解。

「我去看一下吧。」

帆村偵探拉開一旁的小門，喀喀喀地走下小巧的樓梯。走到盡頭有一個狹窄的走廊，那裡是一間相當寬敞的房間。這是這棟建築物裡所有人的寢室。拉開拉門一看，那裡果然鋪了一床被褥。明明說頭疼，松山仍然用棉被蒙著頭。

「松山先生、松山先生，你怎麼了？還好嗎？」

帆村叫得愈來愈大聲，不過松山卻完全沒有回應。

（睡得還真熟……）

帆村輕輕關上拉門，往樓梯的方向退了兩、三步。不過，他不知道是想到什麼，突然再次回頭，喀啦一聲拉開拉門，也沒脫鞋，便直接走向松山的床鋪，從口袋裡掏出打火機，喀嚓一聲點火，左手拿著安靜地放到枕邊，另一邊右手則伸長，用力抓住棉被上方，輕輕往上一抬。

「啊！」

打火機淡黃色的燈光，照亮一張臉，那的確是松山虎夫的臉沒錯，可是，那早已不是那張充滿活力又爽朗的運動員松山的臉龐了。他的臉已經腫漲成紫黑色，雙眼驚慌地瞪得老大，凝視著怎麼也看不見的地方。嘴巴張得非常大，停在剛喘完的位置，已經失去彈力的舌頭無力地往外伸。雪白好看的牙齒上，附著著已經半乾的褐色黏液。

「斷氣很久了……看來是中毒身亡。是自殺呢？還是他殺？」

不愧是帆村，他並未驚慌，也沒有出聲大叫，只有在眉宇之間浮起一道深溝，他似乎在整理想法，想了大約五分鐘左右。不知道哪裡吹來一陣風，吹動了打火機的微小火焰，在死者臉上落下各種漆黑的陰影，接二連三地，構成宛如惡鬼一般的淒慘形狀，看來也像要襲擊在榻榻米上挺著身子的帆村偵探。

不久，偵探安靜地站起來，離開松山死亡的房間，再次喀喀喀地回到樓上。他不再是老師，也不再是阿帆先生了。他已經完全恢復成那名掌握帝都黑暗界鑰匙的名偵探帆村莊六。

他安靜地叫來麻將女服務生小豐，不對，是舟木豐乃，簡短地說明樓下發生的悲劇。雖然他事先交代不可以大聲嚷嚷，不過她還是驚訝地說：

「什麼？你說松山先生死了！」

剩下的人們很快就察覺發生事件了，「哇」地從座位上站起來。帆村偵探不得已只好表明自己的身分，向大家說：「抱歉造成各位的困擾，在員警到達，完成偵訊之前，請各位不要離開房間，」制止眾人的行動。另一方面，他緊急打電話向轄區的警察通報這起死亡事件，同時商請另一間房間的大樓管理員，先守著屍體所在的房間。接下來又催促驚嚇欲泣的豐乃，請她站在麻將貴賓室的入口，盡量讓房內維持原狀。

帆村問豐乃：

「妳知道阿信他們的住處嗎？」

豐乃露出猶豫的神色，不久便「嗯」了一聲，默默點頭。

帆村認為應該盡快將方才回家的星尾、園部、川丘綠等三人找來這裡，列為事件的參考人。據豐乃所述，三個人要搭市內電車，坐到終點站，去距離此處十五町[2]遠的地方轉車，改搭急行電車。星尾在第三站的A車站下車，沿著昏暗的鄉間小路走五町左右，他的宿舍就在廣闊的丘陵旁。接著，園部會在B車站下車，他家就在車站附近，目前跟雙親同住。其次是C車站，川丘綠在這裡下車，車站斜前方三町遠的地方，就是她阿姨家，她寄住在那裡。

帆村偵探再次打電話給警察署，表明希望能在他們回家後，即刻將他們帶回現場，警方立刻同意他的請求。

3

帆村偵探完成這些工作後，似乎不想浪費每分每秒，走下樓仔細地調查松山的屍體。雖然沒有什麼特別的發現，卻在右手大拇指的指腹，發現唯一一處被針扎到的淺層傷口，周圍呈丘狀隆起，輕微泛紅。也許這就是松山在換白布的時候，大叫「好痛」的原因吧，不過目前還無法肯定這個傷口是在什麼時候形成的。毒物從口中服入呢？還是經由注射呢？或是從傷口進入人體的呢？這是十分值得探究的問題。總之，帆村偵探有點重視這個傷口。

完成屍體調查之後，他回到樓上，仔細地調查松山他們用過的麻將桌。特別注意檢查松山坐過的位置，拉拉白布，拆下圖釘，用刷子蒐集灰塵，分別用紙包起來。接下來，他鑽到桌子底下，臉貼在地板上，四處調查，將吸墨紙剪成四張，再用吸墨紙用力按壓四個人腳下的地板，看看能不能吸到什麼東西，然後他又用紙把它們包起來，拿鉛筆做記號。正要從桌子底下鑽出來的時候，他突然在小綠跟松山座位交界處的桌腳暗處，找到一個沒有針的圖釘頭。他非常小心地用鑷子撿起來。

結束之後，帆村偵探逐一拿起麻將牌，仔細地觀察。

這時，檢察官與搜查課等一行人抵達了，於是他姑且暫停檢查牌組的工作，

譯註2　一町約為一〇九公尺。

帶領一行人前往屍體所在的房間。經警察醫[3]診察的結果，證實死因為中毒。距離斷氣還不到一個小時，可以從屍體腋下的餘溫、帆村的參考證詞證明。不過，他到底用了什麼樣的毒物呢？毒物又是從哪裡進入體內的呢？必須經由屍體解剖才能得知。帆村只能提醒警官們，大拇指的指腹有傷口。

員警也搜查麻將桌一帶，卻沒像帆村偵探調查得那麼仔細。

這時，他們終於開始討論松山虎夫的離奇死亡事件。帆村偵探向雁金檢察官及河口搜查課長說明，針對當天晚上他的所見所聞，說明松山一群人的動靜。內容如同這個故事開頭時的敘述，不過，帆村偵探沒忘了補充自己應該遺漏不少事實。

眾人提出各種意見，不過，大家都一致肯定松山並非自殺這一點。他並不是會自殺的人，而且在口袋裡也沒找到任何類似遺書的東西，他的銀行賬戶裡，還有許多現金，再加上他們找到兩封信，一封是小綠的弟弟們寄來的，說是明天要去看游泳大會，會聽哥哥的意見，早上十點半前往神宮外苑的入口集合，另一封則是小綠的父親寄來的信，感謝他一直以來資助孩子們的學費，是一封感謝函，同時還附了一張茲收到五十圓的臨時收據。他的狀況這麼好，根本不可能自殺。調查他的書桌、解剖他的遺體之後，應該能找到更確切的事證。

假設松山虎夫遭到他人殺害，到底是誰對他下毒呢？思考前後的情況，最可疑的就是一起打麻將的三人組了。不過，警官們並未從三人身上，取得什麼關鍵的證據。

雁金檢察官說：

「如果要說奇怪的話，就是川丘綠跟死去的松山，一前一後都覺得不舒服這點吧。而且，從松山口袋裡找到的信，可以看出松山對川丘綠，擁有不少特權，不過這兩個事實，似乎有完全相反的意義……」

河口警部說：

「我也覺得這兩個人的關係不夠清楚！」

譯註3 專門為警察服務的醫生。

「我們來問問麻將女服務生吧。」
他們把豐乃叫來，命令她一五一十地說出她對那群人的了解。大致上與帆村之前的敘述並無太大的差異，除此之外，她又說了一件事。
「聽說松山先生提供阿綠小姐家很多援助。據說松山先生跟阿綠小姐兩人的父親，已經談好要將阿綠小姐許配給松山先生了。不過，阿綠小姐似乎不怎麼喜歡松山先生。」
河口警部問：
「那麼，阿綠小姐喜歡的是誰呢？」
「這、我就不太清楚了……」
她明顯露出困惑的樣子，含糊其詞，回答：
「我不太清楚她喜歡誰。」
從豐乃支支吾吾的樣子，帆村偵探發現了一件事。豐乃應該知道，小綠跟她一樣，大概都對星尾副教授有好感吧。

檢察官說：

「妳是聽誰說的？」

「園部先生說的。園部先生住在他們附近，所以很清楚吧。」

檢察官讓豐乃離開之後，說：

「這下就能說明剛才矛盾的事實了。小綠只能在金錢跟父母的束縛之下，嫁給她討厭的男人。」

河口警部反問：

「這樣一來，小綠是用什麼方法，對松山下毒呢？」

「要是松山沒有防備，小綠倒是有可能在他的茶杯裡下毒。喂，你去分析一下松山用過的茶杯。」

方才一直保持沉默，將桌上正面朝上的牌組按照種類排整齊，一直盯著牌面的帆村偵探說：

「我有一點意見。」

「按照順序把牌排好就知道了，你們看看，這裡有四張九索。不過，其中一張，跟其他三張比起來，牌面雕刻的顏料呈現嚴重的褪色。雖然牌面碰到水，多少會褪色，仔細看這張牌，可以發現顏色不僅脫落了，原本應該是紅色與藍色，現在紅色變成黑色，藍色卻發黃了。這不是水造成的褪色，不難想像應該是塗過什麼異物，像是某種藥品之類的。」

雁金檢察官感嘆：

「哦哦，真是有趣的發現。這表示犯人將毒藥塗在麻將牌的雕刻裡吧。」

警部脫口而出：

「屍體大拇指的指腹，不是有一個小傷口嗎？」

接著轉頭詢問帆村：

「藏在雕刻深痕的毒藥，透過傷口，應該可以輕易進入體內吧？」

「看來犯人做足了準備工夫啊。」

帆村像是想起什麼事，咬著下唇。

「這位松山虎夫在摸牌的時候，總是習慣用大拇指的指腹用力按壓牌面。今晚也非常用力地磨擦了沾著毒藥的牌，所以毒藥才會從傷口進入體內。」

「這傢伙很懂嘛。」

檢察官跟著附和。

「從我的經驗看來，這種毒藥應該來自非洲產的羊角拗。非洲的原住民會把它塗抹在槍或箭的前端，與敵人搏鬥，當它進入傷口之後，就會造成心臟麻痺。只要極少的用量就能發揮效果。」

警部相當懷疑地說：

「川丘綠能夠輕易拿到這種毒藥嗎？」

檢察官辯解：

「我還沒認定小綠是犯人哦。」

「還有一件更有趣的事。」

帆村偵探毫不在乎地繼續說下去。

「用放大鏡觀察牌面，便能找到重大發現。在雕刻的轉角處，沾附著兩、三條纖細的白色纖維。這說明了犯人事後使用什麼材料來擦拭毒藥。我用鑷子採取後，進行了簡單的試驗，發現他用的是脫脂棉。」

帆村偵探的說明實在是太明確了，檢察官與警部連感嘆的話都說不出來，只能沉默。

「可是，」

這時帆村偵探突然換上沮喪的口氣。

「這個說法頂多只能說明犯人用什麼方式殺害松山。根本不知道松山被誰所殺。儘管犯人留下這麼多的證據，目前還找不到任何一項可以鎖定犯人的證物。這名犯人，在犯罪方面，一定無比聰明。」

儘管如此，帆村在短時間內解決的犯案方法，對今後的調查肯定非常有利吧。關於這一點，檢察官們安慰著帆村。這時，去找那三個人的刑警們吵吵鬧鬧地回來了。

4

在隔天中午過後，於相同的地點開始後續的偵訊。

首先報告的是河口警部。

「松山的屍體解剖報告，得知他並非自殺，而是他殺。毒物如同帆村先生所言，從大拇指進入體內，死因是心臟麻痺，毒物類似羊角拗，完全符合帆村先生的說法。」

「接下來換我報告吧。」

帆村偵探有別於以往，以有氣無力的口吻說：

「我在麻將桌附近蒐集了各種資料，進行檢查，完全無法鎖定犯人。關於這一點，我深感遺憾。我唯一找到的線索，是這枚圖釘頭（出示前天晚上在桌腳附近撿到的，已經沒有針的圖釘頭），這是與犯行有關的物品。請看，這枚圖釘頭被磨到非常薄。這是有人故意做出的行為。這枚圖釘頭上，有一個小孔，如果用大拇指的指腹將這枚圖釘用力刺進麻將桌，非常薄的圖釘頭會讓針反過來刺進大拇指裡。一如犯人的預期，讓松山的大拇指受傷了。」

「這是一大功勞。」

檢察官說：

「有沒有留下犯人的指紋呢？」

「上面清楚沾著松山的指紋，除此之外就找不到別人的指紋了。」

警部說：

「也就是說，犯人計畫一個讓松山使用這枚圖釘的機會吧。」

「為了讓他使用這枚圖釘，犯人打翻茶杯，藉此更換白布。」

「嗯，這樣的話，」

檢察官翻閱筆記本，一邊說：

「把茶杯打翻的人是星尾信一郎吧。星尾有嫌疑吧。」

「可是，雁金檢察官，」

帆村說：

「犯人也可以把茶杯放在容易打翻的位置啊。」

「如果說是園部的茶杯，代表犯人是園部囉？」

河口警部忍不住笑了。

「會不會想太多呢？話說回來，犯人為了把握殺人的機會，他會隨時攜帶毒物，還有動過手腳的圖釘，以及帆村先生之前說過的脫脂棉，那麼我們只要檢查昨夜抓到的那三個人的所有物就行啦。老實說，今天早上我已經接獲下屬的報告了，已經找到之前提到的脫脂棉了。而且我們也知道那是誰的東西。」

檢察官與帆村偵探都目瞪口呆。

「是星尾。去抓星尾的刑警下屬，在護送他來這裡的路上，看到星尾偷偷從懷裡掏出東西，扔在路邊，他馬上撿了起來。那個東西沾著茶褐色的汙點。交給鑑識處調查之後，確實沾著之前提到的毒物。」

檢察官問：

「你問過星尾了嗎？」

「早就問過了。不過他不肯承認。」

「那也是正常的。星尾殺害松山的動機太薄弱了。」

「倒也不能這麼說啊，雁金先生。星尾是理科的老師。應該很擅長這種科學方面的事情吧。而且，星尾的父親住在神戶，開了一家香料批發店，從熱帶地方購買各種香水的原料與分裝。要進口非洲的藥材，應該很方便才對。還有，人們認為星尾有一點性變態的傾向。再說，將茶杯打翻的人，正好也是他呢。帆村先生之所以沒看到他犯案，是因為他背對著老師啊。」

這麼說起來，帆村正好坐在能看見星尾牌組的位置，於是他光顧著看牌，沒什麼注意星尾的行動。從警部指出的證據看來，星尾的嫌疑確實很大。

於是，星尾被帶到眾人面前。雖然警方逼迫他坦白交代脫脂棉和毒物的來歷，但是他卻一直不願意坦承。不過，警部十分熟練地，逐一攻擊對他不利的痛點，似乎超出他的承受範圍，他總算是開了口。內容超乎檢察官們的想像。

「其實，那個棉花是我在打麻將的時候，從阿綠小姐的袖口裡偷來的。我不知道毒物的事。」

星尾的臉色一下子紅、一下子青，看來他所言不假。他非常羞愧地敘述自己的變態性欲，擦了擦汗水。

儘管他的嫌疑還沒洗清，總之，他們決定偵訊小綠脫脂棉與毒物之事。她似乎有些混亂，在昨夜帶她過來的刑警的協助之下，坐到位置上。偵訊過程中，她提出以下的辯解。

「自從昨天起……」她有點難以啟齒，「老實說，我的月經來了。所以帶著脫脂棉，應該沒什麼好奇怪的吧？我不知道毒物的事。至於我是不是希望松山死掉呢？對我來說，那並不是一件壞事哦。就算他是個好男人，我也討厭他打算用錢來收買我的事。可是，對於松山先生遇害一事，我可是毫不知情。」

偵訊時，他們順便叫來園部。他回答他從頭到尾都不知情。問他是否知道阿綠坦承攜帶脫脂棉之事，他堅決否認，「假的吧？」一問之下，他似乎是個缺乏月經知識的少年，警部忍不住笑了。問他知不知道星尾帶著脫脂棉一事，他也回答「不知道」。

之前陪在他身邊的刑警說：

「這個人看到星尾扔掉脫脂棉，提醒我注意。其實我奉命去抓這個人，但是沒找著，空手而回。不過，去找星尾的本田刑警發現星尾跟他一起走在昏暗的鄉間小路，才把他帶回來，聽說半路他提醒刑警星尾扔了東西。」

後來他們叫來該名刑警，他回答內容無誤，又說原本打算等一下再報告，從園部懷裡發現這樣的東西，呈上一個長度約五、六寸的鎳製紙鎮。據園部供稱，這是他在B車站下車的時候，向夜市快收攤的商家買來的。

這時，帆村在一旁詢問：

「你為什麼不在B車站下車，而是在前一站的A車站下車呢？」

園部口齒清晰地回答：

「那天晚上，我覺得不太愉快，所以打算陪星尾先生稍微走一下。」

接下來，為了保險起見，他們又偵訊麻將女服務員豐乃。問了各種問題後，豐乃終於哭了出來，她最後陳述的內容，卻大大擾亂了員警們的思緒。

「我看見星尾先生偷走阿綠小姐袖口裡的棉花。因為我覺得很不甘心，於是繞到星尾先生身後，偷走那塊棉花。我把那塊棉花揉成一團，扔進垃圾桶了，應該還找得到。」

那塊脫脂棉果然在垃圾桶裡。

這樣一來，針對脫脂棉一事，嫌疑反而從小綠那邊回到星尾身上了。從小綠那裡偷來的棉花，到了星尾手中，接著又被豐乃拿走了，這表示星尾扔在鄉間小路那塊沾著毒物的棉花，應該是他從別的地方拿來的，或是他一開始就帶在身上的，除此之外，就沒有其他的解釋了。園部沒有丟掉棉花，星尾也坦承他帶著棉花。不過，星尾似乎不知道他的棉花被豐乃偷走了。

如今，事件的焦點聚焦在脫脂棉的來源。除了小綠準備的棉花之外，還有一塊星尾不知道從哪裡拿來的沾著毒物的棉花。不過，目前還找不到能夠確認來源的關鍵。因此，殺害松山的犯人，嫌疑最大的就屬星尾，川丘綠排名第二，園部第三，豐乃八成不是犯人，姑且還是列為第四順位，不過卻找不到更有力的證據。事件猶如字面敘述，陷入謎團之中。

5

當天晚上，帆村偵探關在他的研究室裡，一次又一次地複習從事件一開始到今天調查的各項內容。仔細一想，和星尾及小綠濃厚的嫌疑相比，他幾乎沒有考慮過園部的嫌疑。不過，他是不是真的絲毫沒有可疑之處呢？帆村偵探再次就園部偽裝殺人的可能性，重新思考。

儘管沒有明確的證據，疑點一，園部可能故意將茶杯放在容易翻倒的位置。疑點二，小綠表示不舒服的時候，他非常狼狽，是不是因為他擔心塗在牌上的毒物，導致小綠中毒呢？疑點三，園部的座位在最角落，方便他偷偷塗抹毒物，事後再用脫脂棉擦拭毒物。疑點四，對於其他事情都保持沉默的他，卻告訴刑警星尾掉了脫脂棉之事，倒也不能不算可疑的行動。疑點五，園部刻意跟星尾在同一個車站下車，而且還買了可充當殺人凶器的紙鎮，若要說可疑的話，倒是相當可疑。不過，這全都只能算是可疑，沒有留下任何證據，立足點太薄弱了，判刑之日可能會被法官以「證據不充足」推翻。

他一次又一次地看著這個列表，突然低語：

「這還真可笑。」

第五條，指出園部買了紙鎮，如果這是園部打算在星尾回家的路上殺害他而準備的，園部究竟是為了什麼原因，突然萌生殺害星尾的決心呢？用這麼拙劣的手段殺人，馬上就會被發現人是他殺的吧。他應該不會不明白這一點，卻又刻意為之，也許是突然有什麼把柄落在星尾手上吧。如果刑警沒有趕到，星尾也許早就走上黃泉路了。

想到這一點，他打算與星尾見面，偵訊他。他準備好後就立刻前往拘留所，詢問星尾有沒有什麼遺漏之處，尤其是在電車上，有沒有發生什麼事。

星尾似乎認為沒有發生什麼特別之事。之前忘記說的，只有他在電車上不小心遺落脫脂棉，急著撿起來，正好被園部看到了。

為了保險起見，他又傳喚川丘綠，問她有沒有什麼忘記說的事，她看來比之前冷靜多了，回答：

「我忘了一點小事哦。在俱樂部打麻將的時候，我不經意地看了腳邊一眼，那塊脫脂棉已經掉在地上了，我覺得很丟臉，所以偷偷撿起來。那是快要結束之前的事吧。我記得我明明把脫脂棉撿起來，放在衣袖裡了，等我事後想起來，已經找不到了。」

很顯然，那一定是被星尾偷走第一塊棉花之後的事。那塊棉花沾著毒藥。後來，落入星尾的手中。於是，他突然想到一件事，問道：

「搭電車的時候，妳坐在哪裡呢？」

「我想想，當時很悶熱、很不舒服，我把通往隔壁電車廂處的窗子打開來降溫。那個位置再加上電車的速度，吹著相當強的風，我終於覺得好多了。」

帆村偵探啪地打了膝蓋一下。這時，由於強烈的風勢，所以把小綠袖口裡的脫脂棉飛走了，滾到星尾前面。星尾並不知道第一塊棉花已經被豐乃偷走了，誤以為是自己掉的，所以慌慌張張地撿起來。這下範圍就愈來愈小了。川丘綠在麻將館撿到的，沾著毒物的棉花，又是誰弄掉的呢？

這下總算能合理說明園部對星尾萌生殺意的始末了。那塊棉花自然是園部犯案時使用的東西，不小心從袴下滑落，被川丘綠撿走了。不過，如果他不肯招供，就沒辦法成為有力的證物。園部是名驚人的犯罪天才，用異想天開的方法殺了一名朋友，成功地將重大嫌疑推到其他兩個朋友身上。看來沒辦法輕易勉強園部招供。

帆村偵探不禁發出痛苦的呻吟，想了整整三十分鐘，不久，突然面露喜色地站起來，麻煩值班的員警幫忙，請雁金檢察官及河口搜查課長到場，再傳喚園部。園部看來活力充沛，美麗的臉上帶著微笑，來到帆村面前。他看來自信滿滿，反而燃起帆村偵探的敵對心態。

帆村當著他的面，十分詳細地說起松山虎夫遇害事件的過程。

即使園部聽到自己的名字，以及詳細敘述他這個殺人魔的活躍狀況，他的臉色都不曾改變。

帆村逐漸對自己的假設感到不安，仍然鼓舞著自己，好戲就快要登場了，拋出最後的殺手鐧。

「對了，聰明的犯人唯獨漏了一件事。那就是這個。」

他以鑷子前端夾起針頭脫落的圖釘頭，說：

「這個圖釘頭上，沾了兩個指紋，聽好了哦？一個當然是被刺傷的，已故松山虎夫的指紋。另一個並不是他的指紋。而是設計他使用這枚圖釘的犯人的指紋。細心縝密的犯人，成功地湮滅了所有的證據，卻唯獨遺漏了這個致命的證據。

怎麼樣？你有印象嗎？應該有吧？犯人只顧著用沾了酒精的脫脂棉，擦拭塗在麻將牌上的毒藥，結果忘了擦掉圖釘頭上的指紋了。……好了，園部先生，可以讓我們採集你的指紋嗎？」

這時，園部的臉色瞬間刷白，身體不停地顫抖，說：

「抱歉，松山！」

便咚地一聲往後倒了。

「你不是說那枚圖釘頭沒有犯人的指紋嗎？」

事後，雁金檢察官十分不解地詢問帆村。

「欸，這個嘛……」

帆村搔搔頭說：

「這就是兵法嘛。對於這種像機械一般正確實行完全犯罪的犯人，如果被人指出他也有機械沒有的悲傷，或是沒想到的意外之處，他就無法做好萬全的準備，突如其來的『不安』，會像積雨雲一般籠罩，露出真面目呢。這可是河口警部常用的手法，我只是藉機用來反擊，才能成功。不過，先不管反擊如何了，我竟然沒能發現在我眼前發生的犯罪，這件事徹徹底底算是我的大失敗啊。」

爬蟲館事件

這裡就像戰場一樣吵鬧，在這麼冷的天氣裡，即使只穿一件襯衫，還是像全身淋浴似地，渾身大汗。結束之後就會盡快料理。烹煮是沒什麼困難啦，還要配合各種野獸，切成適當的大小，再分裝入不同的容器裡，非常辛苦。

1

前一天夜裡的調查非常疲勞，私家偵探帆村莊六本來打算再睡一會兒，卻被人叫起來。

「來訪的是誰呢？」

「是一名女性。」

助手須永強忍著開朗的心情回答：

「而且年紀大約二十歲左右。」

帆村一一解開睡衣的釦子，心想，而且什麼而且啦，不過這招確實讓他清醒了。

「你叫她再等我十分鐘。」

「是。明白了。」

須永像是巧克力製成的玩具兵隊，刻意轉向九十度，走出帆村的臥室。

打開隔壁的浴室門，將身上的衣物脫得精光，噗一聲跳進盛滿冷水的浴缸裡，伸展四肢，模仿無所事事的海狗，三分鐘後又抖著身子跳起來，花了四分鐘將粗硬的鬍子刮乾淨，花一分鐘刷牙洗臉，剩下兩分鐘擦乾身體，穿上不至於失禮的衣服，最後，敲響會客室的門。

在會客室這間包廂裡，果然有一名年輕女性。

「讓您久等了。請坐。」

請對方坐下之後，

「請說明您的來意吧。」

「啊、謝謝您。」

因為帆村的開場白實在過於直接迅速，她露出不知所措的神色，卻又像是下定了決心，以黑眼球比例相當大的眼睛凝視著帆村。在她的眼底，有股難以言喻的憂鬱之色。

「那我就開口了，老實說，我的父親突然失蹤了……。昨天的晚報也刊出這件事，我的父親，是動物園的園長河內武太夫。」

「哦哦，您就是河內園長的千金，敏子小姐，對吧？」

帆村記得自己曾經在晚報上，看過憂鬱的園長家人——他的千金敏子（二十歲）的照片。那篇報導在社會版佔了相當大的篇幅，標題好像是「河內園長離奇失蹤 遺留在動物園裡的帽子與上衣」。

「是，我是敏子。」

她美麗的眼睛眨了眨。

「相信您已經知道了，我們家就在動物園旁邊的林子裡，在父親失蹤的十月三十日當天早上八點半，父親一如往常地出門。園裡有許多人表示上午曾經看見父親的身影，到了下午，卻沒什麼人見過他了。中午的時候，我帶著便當去找父親，不過父親終究是沒機會享用。他中午也沒回辦公室，大家都覺得很奇怪，可是父親本來就是個怪人，經常一個人離開動物園，跑到大街上，衝進壽司店或是黑輪店，到了一點半或兩點才回到動物園，所以大家覺得那天可能也是這樣吧。然而，到了閉館時間的下午五點，他還是沒有回來。他偶爾會去街上，到晚上才回家，不過，那一天他的帽子跟上衣都還留在辦公室，跟平常不太一樣，所以西鄉先生——他是副園長，是位年輕的理學學士，西鄉先生下班時經過我家，提醒我『園長的老毛病好像又犯了』。可是，那天夜裡，他還是沒有回來。不管多晚，就算是深夜一點還是兩點，父親總會回家。因為他一直沒有回來，母親跟我都非常擔心他。我們也請動物園幫忙找人，沒有人知道他的下落。我們請警方協助搜索，他們說：『他沒有尋死的動機，今天夜裡就會回來了吧。』我們實在是很不安，沒辦法這樣一直等下去。說不定父親遇到危險，所以我希望盡快找到他，把他救出來。於是我與母親討論，特地前來請您幫忙。請問，您覺得我父親還安全嗎？」

敏子小姐說完說，臉上輕微泛紅，等待帆村的判斷。

「這個嘛……」

帆村習慣性地用右手揪著不怎麼長的下巴前端。

「光靠這樣，實在很難判斷園長的生死，如果您想知道令尊的安危，我想要問您更多詳情，再進行其他的調查。」

「感謝您願意幫忙。」

敏子小姐鬆了一口氣。

「請問您想了解什麼呢？」

「動物園有沒有大肆搜索呢？」

「聽說他們已經非常仔細地找過一遍了。今天早上，我去了動物園，與副園長西鄉先生見面，他告訴我在父親失蹤的三十日，閉館之後，大家分頭將園裡找過一遍了。聽說他們今天早上又找了一遍。」

「原來如此。」

帆村點點頭。

「西鄉先生有沒有嚇了一跳呢？」

「是的，今天早上，他非常地擔心。」

「西鄉先生住在哪裡？他的家人呢？」

「他住在淺草的今戶。尚未結婚，在外面租房子。不過，西鄉先生是一個了不起的人。如果您懷疑他，我會生氣哦。」

「不是，我沒有懷疑他。」

對於這種現在少見的日本傳統女性，帆村感到敬畏與困惑。

「還有，園長偶爾會在半夜一、兩點才回家，這段時間裡，他都在做什麼呢？」

「這我也不太清楚，據我母親表示，他會去拜訪老朋友，一起去喝酒。那是父親唯一的娛樂，也是他的樂趣，他的朋友是一起在日俄戰爭時活下來的戰友，每次見面都會想起當年的事情，聊得難分難捨。」

「所以園長曾經參加日俄戰爭嗎？」

「是的，他在沙河會戰時身中數槍，才被遣送回國，在那之前，他都英勇地戰鬥。」

「那就是金鵄勳章[1]組了吧。」

「是的，他是功六級的曹長[2]。」

回答的同時，敏子似乎對偵探的能力感到些許失望，不明白這件事跟父親的失蹤有什麼關係。

然而，這時，他們兩人連作夢都料想不到，這些瑣碎的小事竟然是解決事件的重大關鍵。

「這種時候，園長也不會戴帽子、穿上衣，不跟家裡說一聲，就自己出門去嗎？」

「不會有這種事。就算沒跟家裡報備，他應該會戴帽子、穿外衣保暖，已經快要十一月了，差不多都是穿大衣的季節了。我想他應該會戴帽子、穿外衣。」

「那件上衣現在在哪裡呢？我想看看……」

「上衣在我們家裡，請您來一趟吧。」

「好，我們現在就過去。半路上，我想聽聽更多關於老戰友的事情。」

「哦哦，您是說半崎甲平先生嗎？」

敏子小姐這時才首度說出父親戰友的名字。

2

造訪園長家的帆村，安慰了痛心疾首的夫人，並仔細地調查遺留的上衣，在手帳上寫了些什麼，並借走一張園長的照片，採集過園長的指紋後，接下來走進一旁動物園的後門。

西鄉副園長立刻與帆村見面。雖然他不像西鄉隆盛[3]的銅像那麼肥胖，但也是一名身材相當壯碩的人。

譯註1 日本天皇致贈給立下戰功的軍人與軍眷的勛章，分為功一級至功七級，給予終身年金。

譯註2 相當於上士。

譯註3 西鄉隆盛（一八二八—一八七七），江戶末期的政治家。

「聽說園長失蹤了，您應該很擔心吧？」

帆村先打了聲招呼。

「請問你們是什麼時候發現的呢？」

「我們真的不知道該怎麼辦才好。」

壯漢理學學士的臉色一沉，說：

「倒也不是哪個時間點發現的，我們開始懷疑的時候，應該是在當天中午過後吧。園長一直沒回來吃飯。」

「園長上午通常在做什麼呢？」

「八點半上班後，他會馬上到園裡巡視一圈，差不多要花一個小時。接下來，十一點之前處理事務，然後再去園裡巡視一圈，這時會去早上他覺得比較有問題的籠子，去照顧動物。失蹤的那一天，我想他的行程跟平常沒什麼兩樣。」

「那一天，他照顧過哪些動物呢？他有跟您提過嗎？」

「沒有哦。」

「最後見到園長的人是誰呢？」

「剛才警方也來調查過了，所以我也聽說了，一個是爬蟲館的研究員鴨田兔三夫，他是一名理學學士兼醫學學士，另一位是小鳥溫室的飼養主任椋島二郎。不過，兩個人見到園長的時間點幾乎相同，都在十一點二十分左右。聽說都是園長進來訓話，兩、三分鐘後就離開了。」

「請問爬蟲館跟小鳥溫室之間的距離是？」

「等一下會帶您去看，他們是距離約二十間的鄰居。在兩者中間，繼續往深處走，有一間名為餌食準備室的建築物，這是調理並存放預備給動物的食物的地方。我隨便畫一下，差不多是這樣。」

說著，西鄉理學學士拿起鉛筆，畫出爬蟲館附近的平面圖。

「這二十間的空地，沒有東西嗎？」

「沒有，種了差不多十二棵毛泡桐。」

「園長沒去那間調理室嗎？」

「今天早上問他們的時候，他們說園長沒來過。」

「誰說的？」

「飼養員，一名叫做北外星吉的主任。」

「可以請問一下最後發現園長失蹤時，前後的情況嗎？」

「好的。快要閉園的時候，園長還是沒有回來。我們發現他的帽子跟上衣都還在，家裡送來的便當也原封不動。他總不可能一聲不吭就回家了，於是我們動員所有的飼養員跟園丁，找遍動物園的每一個角落。我帶著一名叫做比留間的園丁，非常詳細地查找猛獸的籠子，不過並未發現異狀。」

「這是一點門外漢的看法啦，也許屍體藏在河馬的水槽深處，請問有調查過嗎？」

「您說得非常好。」

西鄉副園長也點點頭。

「這類的地方，如果不做好準備，沒辦法檢查，所以我們沒有立刻去檢查，今天下午我們正在逐一檢查。」

「這樣正好。」

帆村偵探大叫。

「可以讓我立刻參加嗎？」

西鄉理學學士答應了，用桌上電話打給很多人，最後終於得知目前搜查隊即將前往爬蟲館，於是他帶領帆村前往。

踩在白色的砂子上，不知道打哪兒來的風吹來落葉，發出沙沙聲，在地上滾動著。已經十一月了。林子裡有一棵豔麗的紅楓樹，將那好似在教唆什麼的熱情氛圍，融化在宛如清水般靜謐的空氣之中。帆村下定決心，提出有點辛辣的問題。

「請問，園長的千金目前還是單身嗎？」

「蛤？」

西鄉像是懷疑自己聽錯了似地反問。

「小姐目前還是單身。偵探先生好像在意很多事情呢。」

「我也是一個年輕人，難免會好奇嘛。」

「嚇了我一跳。」

西鄉理學學士扭著壯碩的身體，似乎覺得很可笑。

「在我面前說這種事倒是無所謂啦，如果在鴨田面前這麼說，他可會像大蟒蛇一樣咬過來哦。」

「您說的鴨田先生，是爬蟲館那位吧？」

「沒錯。」

回答之後，西鄉似乎覺得玩笑開得有點大，露出後悔的模樣。

「我們是同學，他是以認真出了名的男子，千萬別跟他開玩笑哦。」

帆村並沒有回答，他在腦海中整理著方才聊到與園長千金敏子有關的內容，加上現在西鄉副園長半開玩笑說的話，再加上要與鴨田這位爬蟲館的研究員見面，讓他十分期待。

「鴨田先生不是主任嗎？」

「主任因為生病的關係，請了長假。鴨田原本只要從事研究就行了，現在有點可憐，還要處理主任的工作呢。」

「他的研究是……」

「他是爬蟲類的專家。擁有醫學學士與理學學士的頭銜，不過最近要發表理學方面的學位論文，很快就要升格為博士了。」

「真是個怪人呢。」

「沒有，他很了不起呢。他曾經在蘇門答臘跟蟒蛇相處了三年。而且財力雄厚，興建那座爬蟲館的時候，自己出了一半的資金。雖然現在只公開展示兩條蟒蛇，實際裡頭可是養了六、七條大蟒蛇哦。」

「哦哦。」

帆村睜大了眼睛。

「你們檢查過不公開展示的蛇了嗎？」

「當然囉。因為是研究用的蛇，沒辦法展示給一般遊客看，不過我們也比照辦理，都去檢查過了哦。倒是沒看到吞噬園長先生這種奢侈的事啦。」

帆村可是沒辦法輕易接受副園長的保證。如果說最後目擊園長的地方，就是在這座爬蟲館跟小鳥溫室一帶的話，當然要仔仔細細地調查一遍才行。

「到了，這裡就是爬蟲館。」

副園長的聲音讓他嚇了一跳，抬頭一望，一座具備溫室風格的膚色、堅固的建築物，包覆著誘人的祕密，聳立在兩人面前。

3

推開大門，一股嗆人的腥臭暖氣，便直撲帆村而來。

寬敞的籠子幾乎可以塞進一個小劇場的舞臺，裡面以堅固的鐵絲網隔開，兩條蜷起來的蟒蛇分別盤踞在各自的角落，睡得十分香甜。牠們有著褐底黑色斑紋的身軀，最粗的地方相當於深山中的松木，細碎的鱗片帶著黏液，綻放著令人不舒服的光澤。牠們的頭特別小，費了一番工夫才能找到眼睛，好不容易才發現宛如雕像一般，半睜的黃色眼球，感覺實在不是很舒服。也許是知道帆村他們進來了吧，牠們身體的一部分像是被風吹皺了似地，扭動與變形。

一想到裡面還有六、七條一樣的東西，天生就討厭蛇的帆村，已經完全陷入渾身不舒服的情緒之中。

這時，西鄉副園長拉開裡面的小門，帶出一位身材稍微矮小，彷彿可以被蟒蛇一口吞噬的蒼白年輕紳士。

「為您介紹一下。這位就是這座爬蟲館的鴨田研究員。」

兩人不發一語地點頭致意。

「我想請教您，園長最後來到這間房間時的經過。」

「今天早上已經被警視廳的人欺負過了，我現在已經可以心平氣和地說了。」

鴨田研究員先說了前提。

「我沒有看時鐘的習慣，從正午的鐘聲推測，我想當時大約是十一點二十分左右吧，穿著卡其色實驗衣的園長走進來，沒錯，我想他待了兩、三分鐘，離開的時候，他說有一條蟒蛇沒什麼精神，要我注意一下飼料，說完就離開了。」

「他只進來這間房間嗎？還是去了其他房間？」

「剛才的話是在裡面的房間講的，我沒有送他出來，不過我想園長的確從這道小門走出來，走進這間房間。」

「你有沒有聽見他走到外面的聲音呢？」

「沒有，我沒有特別注意外面的聲音。」

「有沒有什麼比較特別的情況呢？」

「沒有。」

「從園長走到外面的時間，一直到正午，戶外有沒有什麼奇怪的叫聲呢？」

「對了。卡車開到後面的餌食準備室，發出喀嗒喀嗒的聲音，好像在搬運動物的飼料，大概只有這些吧。」

「哦哦。」

帆村睜大雙眼。

「那是幾點的事呢？」

「我也不是很清楚，大概是園長離開的十五分鐘後吧。」

「也就是十一點三十五分左右吧。動物的食物，體積應該滿大的吧？」

「相當大哦。」

副園長在一旁說：

「卡車可是載滿了馬鈴薯、甘藷、胡蘿蔔、豆渣、麥麩、稻草、牧草，還有吐司麵包、牛奶、兔肉、雞肉、馬肉、魚肉等等。」

「原來如此。」

帆村再次轉向鴨田的方向。

「請問一個比較蠢的問題，這條蟒蛇能吞下人類嗎？」

「我無法保證牠不會吞食人類，不過牠們的習性很少攻擊人類。方才也被問了這個問題，不過我確定牠們沒有吞下園長哦。吞食人類需要耗費時間，而且肚子也會鼓起來，馬上就能發現了。」

帆村沉默地點點頭。

不過，他心想如果將人類的身體切成九塊，再一塊塊地讓蟒蛇吞下，應該比較容易收拾，而且肚子也不會明顯鼓起來，本來打算發問，但是這可能會導致重大的結果，於是他打算晚點再問。並且不經意地檢查所有蟒蛇肚子的鼓起狀態。

於是，他說想要參觀鴨田理學學士的研究室，對方立刻同意了，一行人穿越小門。

那是一個寬敞到幾乎奇妙的房間。房間非常深，大約有三十坪左右吧，完全沒有隔間的大房間，左右分成兩等分，一邊放著上了大量白油漆的桌子、書架、文件箱，還有類似手術臺的東西，裝著玻璃門的藥品架、標本架、外科儀器架等等，奢侈地排放在一起，其他還有兩、三個幾乎可以裝進一個人的桶子，不知道是什麼用途的裝置。上方有小型的窗子，天花板掛著水銀燈照明，投下讓人不舒服的蒼白光線。地板有一處開口，有一批園丁潛進地下，他們一定是之前提到的搜索隊了。房間的角落還有兩名穿著警視廳制服的警官，正在仔細搜查。

另外半邊則是堅固的牢籠，往裡面一看，有七條恐怖的大蟒蛇，像是死去一般，佔據著自己的地盤。帆村抓著檻杆，從頭開始，仔細看著每一條蟒蛇的肚子大小。然而，沒有一條蛇合乎他的想像，有著鼓脹的大肚子。可是，如果吞下分屍的屍體，假設犯行發生在三十日的正午左右，今天已經是兩天後的下午了，已經過了兩天，在這段期間裡，蟒蛇的肚子也許會小到看不出異狀吧。

「鴨田先生。」

帆村回過頭。

「聽說你們會餵蟒蛇吃山羊，請問幾天才會消化呢？」

「我想想。」

鴨田搓著手，露出老實的表情。

「吃掉六貫[4]左右的山羊，差不多要花三天左右吧。」

這樣一來，把十二、三貫的園長切成八塊或九塊，分給九條蟒蛇，現在已經過了兩天，差不多已經消化完了。不過，到底是誰殺的呢？是誰把屍體分屍的呢？又是誰餵給蟒蛇的呢？目前完全無法得知這些事，總之，跟這名慘白的鴨田研究員都脫不了關係。

「對了，西鄉。」

這時鴨田理學學士開口。

「我前天在爬蟲館前面撿到送去辦公室的鋼筆，剛才已經請警方調查過了，得知是園長先生的所有物哦。」

「哦，我知道了。」

西鄉副園長簡單地回答，接著快速地瞄了帆村一眼。

帆村佯裝不知情，思考這段話之中的祕密。在建築物外面撿到園長的所有物，對鴨田來說，絕對是不利的情況。雖然鋼筆是很容易遺失的物品，不過可不會這麼巧，偏偏掉在爬蟲館入口。而且還是個性穩重的園長掉的，那就更可疑了。說不定有人想要嫁禍到鴨田身上，才把它丟在門口，或者是鴨田自己謊稱是別人掉的，送去辦公室，應該是其中一種吧。如果是前者，問題在於是誰想要陷害鴨田，如果是後者，那就是鴨田自己蒙受嫌疑，這時也不容易輕易發現犯罪的可能性，為了了解鴨田的個性，帆村檢查房裡的每一個角落，探索不尋常的事物。

「請問這是鴨田先生的包包嗎？」

帆村指著架子上的黑色皮革公事包。

「沒錯，是我的。」

「還滿大的嘛。」

「我們都要攜帶動物的素描，包包一定要用這種特製的，不然會放不下。」

譯註4 一貫約三・七五公斤。

「這邊排著三個形狀差不多的大桶子，請問有什麼作用呢？」

「這是我的學位論文用到的裝置。現在沒有使用了，跟空的沒兩樣。」

「之前裝了什麼呢？」

「用在各種目的，像是蛇感冒的時候，會把牠們裝在裡面，以蒸氣加熱。」

「所以，這是可以盛裝液體的桶子吧？」

「有時候也會拿來裝熱水。」

「不過，蟒蛇又不會脫逃，需要這麼嚴密的鎖嗎？」

「總之，這是為了在論文通過之前，避免曝光的裝置。」

「論文的標題是什麼？」

「標題是『關於蟒蛇的內分泌腺』。」

這時，警官與園丁一行人吵吵鬧鬧地包圍了鴨田研究員。

「我們已經從天花板到地下，徹底調查了這棟建築物，沒有異狀。只剩下那三個桶子，不過我們相信他的話，所以沒有動它們。」

聽到這句話，帆村跳出來。

「請等一下。請你們務必要調查那些桶子。」

一名帆村見過的警官說：

「可是他說不能打開啊。」

「沒有那回事。喂，鴨田先生，你還是把它打開吧。只要看看那些桶子，就能洗清你的嫌疑了。」

「不行，不能輕易打開。」

鴨田堅持反對。

「要是把它打開來，會導致爬蟲館的室溫及溫度驟降，會對爬蟲造成嚴重的傷害。」

「我認為沒什麼影響，要不要試試看？」

帆村仍然主張打開來。

「不，那可不行。園長賦予我相當的責任，請我照顧爬蟲類，所以我有權拒絕。請你們再找找其他地方，真的找不到解決的關鍵，再來開它吧，而且我需要做一些準備。將這些爬蟲類移到他們原本所在的溫室，而且還要等到那間房間調整到適當的溫度及濕度才行。」

「這下麻煩了。」

帆村擺出一張苦瓜臉。

「還要花多少時間才能準備好另一間房間呢？」

「嗯，差不多五、六個小時吧。」

「還真麻煩啊。我再想一下好了。」

帆村堅決地說：

「在這段期間，我先去檢查別的房間吧。西鄉先生，請帶我去餌食準備室吧。」

4

帆村走出爬蟲館，點了一根Cherry[5]，看似美味地抽著。

就他的觀察，如果鴨田有嫌疑的話，鴨田是為了什麼原因，要將河內園長引入爬蟲館，將他殺害之後再剝個精光，在手術臺上大卸八塊，讓他飼養的蟒蛇吃掉一部分的身體呢？搜索隊也沒料想到竟然會被分屍，雖然看了蟒蛇的肚子，卻沒看到哪隻蟒蛇的肚子脹得像把人從頭到腳吞下肚的模樣，所以感到放心吧。那個特殊裝置的內部，一定藏著染了血的園長衣服或鞋子吧。鋼筆是在爬蟲館入口掐住園長脖子的時候遺落的，事後可能因為某些原因才送去失物招領吧。

不過，現在走在他旁邊的西鄉副園長，應該不可能沒發現關於這枝鋼筆的可疑之處。首先，三十日送來失物招領的時候，應該立刻懷疑與調查才對，可是他直到現在都保持沉默，只消看一眼應該就能明白那是園長的東西，為什麼絕口不提呢？還用討厭的眼神瞄著帆村，西鄉該不會才是幕後主使者，想把嫌疑推到

譯註5　當時的日本香菸品牌。

鴨田身上，才刻意把鋼筆遺落在爬蟲館前方吧？雖然還不知道殺害園長的方法與屍體，原因可能是出於工作方面的怨恨，或是失戀吧。想到這裡，他看了西鄉的側臉，他看起來倒也有可能是壞人。

可是，如果要懷疑嫌疑薄弱的西鄉，可能會陷入偵探的恐怖無邊地獄吧。園長千金敏子也說過，不可以懷疑副園長。可是，如果硬要懷疑的話，敏子為什麼完全不提鴨田的事，反而為西鄉辯解呢？也許是出於無法回應西鄉的愛情，才會為他辯解做為補償，另一方面，她已經解決與鴨田的感情問題，所以沒替他說一句話，這樣的想法如何呢？事件像是一張密密麻麻的蜘蛛網。如今，在帆村的腳邊滾落著一個解決事件的關鍵物品。那是一顆鈕扣。

「哦哦，這一定是園長衣服上的釦子。怎麼會掉在這種地方呢？」

帆村將園長留下的上衣鈕扣的特徵寫在手帳上，他認為它會發揮很大的作用，自己非常幸運。話說回來，撿到鈕扣的地方就在餌食準備室正前方，兩側夾著毛泡桐木材的路上，這下子一來，餌食準備室的人都有嫌疑了。如果能證明這顆鈕扣跟掉在爬蟲館前方的園長鋼筆，都是在同一時間掉的，表示這是搬運園長軀體的路線。最早掉的可能是鋼筆，接下來才是背心的鈕扣吧。目前應該可以認定園長的軀體被人從爬蟲館前方搬進餌食準備室。

不過，下一個疑問來了，要怎麼在不被人發現的情況下搬送呢？必須在特殊的狀況之下，才能完成這件事。白天的時候，如果等不到遊客稀少，又沒有飼養員及園丁在場的機會，夜裡的話，應該很容易完成。不過，鋼筆是在園長失蹤當天發現的，所以搬送一定會在夜晚之前。同時，直到十一點二十分都有人見到園長，所以園長應該會在正午時回到辦公室吃飯，但是他沒出現，因此，判斷失蹤時間在十一點二十分到正午之間，這才是正常的想法。路線並不是從餌食準備室到爬蟲館，反而應該是從爬蟲館到餌食準備室。這時，帆村想起爬蟲館的鴨田研究員在十一點三十五分前後，聽見卡車抵達餌食準備室前方，忙著搬運動物食糧的騷動聲。所以犯行應該發生在這個時間的前或後。……帆村不得不想，餌食準備室裡也藏著許多的疑點。

跟西鄉理學學士一起進入餌食準備室，帆村差點尖叫出聲。站在圍牆外想像的餌食準備室，跟現在看到的大砧板上放著鮮血淋漓的馬肉塊，餌食準備室給人完全不同的體驗。牆上還掛著可以拿來料理大象的大斧頭跟大鋸子，也有像把小青龍刀的切肉刀，綻放著燦爛的光輝。倉庫裡還能看到剖半的直立馬肉，還有垂著長耳朵的兔籠。

見了這番血淋淋的光景，帆村的腦海中突然浮現閃電般的幻影。那是園長的屍體被人搬進餌食準備室裡，廚師從牆上取下巨大的切肉刀，迅速斬斷屍體。他用驚人的熟練手法，分別切下胸部的肉、臀部的肉、腿的肉、手臂的肉，然後放到搬運車上，直接前往獅子或老虎的籠子，把園長的肉扔進去。……不行不行，太可怕了。

「這位是餌食準備室的主任，北外星吉。」

西鄉副園長為他介紹一位肥得跟皮球一樣的男子。

「嗨，您是帆村先生嗎？」

北外飼養員滿臉微笑。

「久仰大名。這次的事件簡直像是給您下的戰帖，真是最適合您的重大事件啊。」

面對這個心情相當好，卻又好像在說風涼話的北外的招呼詞，帆村一時語塞。然而，見了這個像胖嘟嘟的兒童相撲力士的男子，帆村實在不覺得他會是策劃壞事的那種人。帆村找回勇氣，決定向男子提出開誠布公的問題。

「北外先生，我認為園長的身體，應該在這間餌食準備室，或是隔壁的爬蟲館，被人料理了。」

「蛤？」

北外把小巧的嘴巴張到最大，像是很不自然地受到驚嚇。

「唉呀，那可是重大發現呢。」

「請問，園長失蹤的早上，從十一點二十分到正午，這段期間你在哪裡呢？」

「你認為我是有力的嫌疑犯吧。」

北外咧嘴一笑。

「在你詢問的這段期間，我獨自待在這間屋子裡……，如果我這麼說，你應該很開心吧？不過，在那段期間，我們這群人全都在這裡待命。那是因為，十一點四十分左右，野獸們的便當材料就會送來了，所以我們不能從屋子裡溜走。」

「在那段期間的前後，你在做什麼呢？」

「先說那段時間以前吧，當天有六名飼養員在這裡磨菜刀或是清籠子，大家都忙得不可開交。不久，等時間到了，裝滿整臺卡車的食材就會一下子全搬進來。這裡就像戰場一樣吵鬧，在這麼冷的天氣裡，即使只穿一件襯衫，還是像全身淋浴似地，渾身大汗。結束之後就會盡快料理。烹煮是沒什麼困難啦，但是配合各種野獸，切成適當的大小，再分裝入不同的容器裡，非常辛苦。肉類方面，我們只會在活的兔子跟雞身上掛著通往黃泉路的紅色牌子，其他像是有頭的魚要排整齊，馬肉則要看情況切成適當的大小，其中有些一定要帶骨，所以準備起來也是一項大工程，很少有機會能準時在正午享用中餐的便當，通常都忙到快一點呢。在這麼忙碌的時間裡，還要把園長抓來，製成特製料理，送給大象或河馬吃，光想就是一場大騷動啊。」

帆村不小心想起曾經跟園丁聊過讓大象跟河馬吃人的事，沒想到會在這種地方碰上，忍不住把臉側到一旁苦笑。總之，他了解餌食準備室的這幫人，要在那段時間完成犯行，是非常困難的任務。

這樣一來，園長的鋼筆跟鈕扣，又代表什麼意義呢？從理論來說，餌食準備室的人比較可疑，不過北外的話沒什麼好懷疑的。這樣看來，只剩下一個可能，就是某人為了嫁禍給餌食準備室的人，故意遺落鋼筆，把鈕扣丟在餌食準備室前方。雖然不知道是誰幹的，如果是這樣的話，犯人一定具備周詳的計畫。

這時，帆村發現自己輕易地使出了珍貴的殺手鐧。

「北外先生。關於隔壁爬蟲館的大蟒蛇，總共有九條吧，如果把人的身體切成九個肉塊，丟給蟒蛇吃，牠們會開心地吃掉嗎？」

帆村緊張地直冒汗，等待北外的回答。

「哇哈哈哈……」

北外毫不客氣地笑出來。

「沒有，那個，不好意思，帆村先生，蟒蛇這種動物啊，只會撲向活著的東西，就算自己的嘴巴會裂掉，也要生吞下肚啊，死掉的東西，不管看起來多好吃，牠們都興趣缺缺，牠們可是美食家呢。我們這邊主要都餵食活的雞或山羊。我想你說的應該是園長的屍體吧，不過分屍之後，蟒蛇大師根本不屑一顧吧。」

帆村覺得自己好不容易才爬到斷崖之頂，又被人推落山崖了。真想找個洞鑽進去，大概就是指這種情況了吧。他向北外飼養員打了聲招呼，有如逃跑一般地逃出房間。

他像是不想被任何人發現一般，邁開腳步快步離開。動物園對角的另一頭，遺留著藤堂家的墳墓。墳墓被鬱鬱蒼蒼的森林圍繞，鋪著一層厚重的苔蘚，是一個悄然無聲的地方。來到這裡，他背對著熱鬧的園區，對著包覆一切的常綠樹林坐下來。

「唉，什麼線索都沒了！」

帆村抽出一根菸，點燃後嘆了一口氣。

「到底還留下什麼線索呢？」

他從一開始逐一地回想，這時他發現有兩個值得注意的重點。其一是他打算去會會園長的酒友，經常拜訪的老戰友半崎甲平。如此一來，說不定能發現園長不為人知的另一面。其二還是再次徹底搜索似乎與事件脫不了關係的爬蟲館。尤其是鴨田研究員口中那三個打開就會危及爬蟲類生命、小心呵護的桶狀物體，這次，無論如何都非打開不可。那些桶子，不知道是故意還是偶然，大小完全可以放進一個人。

做出這些結論之後，帆村感到反抗的精力逐漸湧上全身。

「把須永叫來吧。」

他走進公共電話，命令帆村偵探所的須永助手立刻過來動物園。

5

帆村偵探筆直地走進爬蟲館的鴨田研究室之中，發現鴨田正好背對著他，以晃動的方式混合燒杯裡的咖啡色液體。除了他以外，沒有別人在場。

鴨田似乎聽見帆村的腳步聲，安靜地停下晃動燒杯的手，卻沒有轉身，只側著身子，將液體倒進以硬質陶器製成的豪華洗手臺。立刻冒起一股白色的濛濛煙霧。看來那似乎是強酸性的危險藥品。他到底在做什麼呢？

帆村毫不客氣地說：

「鴨田先生，我又來打擾了。」

「嗨！」

鴨田相當親切，只轉頭望向帆村。

「還有什麼事嗎？」

他一邊堆著笑容，同時用水龍頭的水清洗燒杯。

「我來答覆剛才的問題。」

「剛才的問題是什麼？」

「嗯。」

帆村指著三個細長的大桶子。

「請你立刻打開這些桶子。」

「喂，」

鴨田一臉嚴肅地回答：

「我剛才已經說過了，現在打開會把動物全都害死。」

「不過人命是無可代替的。」

「你在說什麼人命啊？哈哈，你認為三天前失蹤的園長就藏在裡面嗎？」

「沒錯。園長就在這些桶子裡面！」

帆村怒火攻心（這是他的壞習慣），不小心脫口說出不得了的事了。儘管他之前就有點懷疑，不過目前尚未蒐集到足以斷定的充分證據。怒吼之後，他非常後悔，不可思議的是，他並未感受到怒吼之後的清爽感覺。

「你這是在侮辱我吧。」

「我現在沒空想那種事。現在，請你立刻打開這些桶子。」

「好啊，那就開吧。」

鴨田毅然決然地下定決心。

「可是，如果園長不在這些桶子裡，你要補償我。」

「沒問題，我會在你和敏子小姐的婚禮，上演一場華麗無比的餘興節目。」

帆村的話，似乎正中鴨田理學士的下懷。

「很好。」

鴨田露出不再堅持的表情，點了點頭。

「我來打開這個裝置吧，在這之前，必須先把爬蟲移到另一棟建築物，從現在開始準備，起碼需要五、六個小時。請您諒解。」

「麻煩你盡快吧。現在呢，哦，已經四點了。所以差不多要準備到十點左右吧。我會找警官和助手過來，抱歉啦。」

「請自便。」

鴨田說：

「今晚我也不會回家。」

帆村把警官叫到那個房間。同時尋求西鄉副園長的同意，他表示自己也會在爬蟲館待到桶子打開的時候。

不過，帆村似乎打定主意，要進行跟他們不同的行程。這時，助手須永正好來了，他仔細地交代各種注意事項，命他監視爬蟲館，隨後，他獨自走出動物園的石門。秋陽已經沒入丘陵的盡頭，透過漆黑的大杉樹林間隙，猶然可見湖面閃耀著夕陽的餘輝，斷斷續續地泛著隱約的白光。帆村偵探的身影，旋即隱沒於黑暗之中。這時，鐘聲響起。傍晚五點、六點、七點，又敲了八點、敲了九點，帆村仍然沒有回到爬蟲館。九點半過後，許多飼養員及園丁扛著籠子進來，粗手粗腳地將一條蟒蛇放進去，搬到別的溫室裡。工作很快就完成了。助手須永一直待在角落，瞪視著從方才就露出勝利的模樣，重新振作起精神的鴨田理學士。不久，爬蟲館的掛鐘宛如撼動鄰近牆壁一般，「噹噹噹」地敲了十點。眾人都伸長了脖子，盯著時鐘的盤面，接著回頭望向入口，別說是他們期待的腳步聲了，就連螞蟻的腳步聲都沒有。

「我看帆村先生可能不會回來了吧？」

鴨田理學士搓著雙手說：

「再這樣等下去也不是辦法，我看我們直接關門回家吧？」

警官和西鄉副園長都站了起來。須永也跟著起身。不過，他並不是因為贊同鴨田的解散說法才站起來的。

須永大叫：

「請再等一下。師父一定會回來的。」

鴨田則說：

「不，他才不會回來。」

「不然……」

須永下定決心說：

「我會代替師父見證，請打開這些桶子。」

「我拒絕這個要求。」

聽了鴨田可恨的聲音，須永仍然拚命爭取，這時，入口的大門不知道什麼時候打開了，那是面帶微笑，觀望著此情此景的帆村。

「各位，抱歉讓大家久等了。」

打完招呼之後，

「哦，蟒蛇們全都退場啦，接下來，就看是我要退場，還是鴨田先生退場了，退場的會是誰呢？好了，可以把那個打開了吧？鴨田先生。」

「……」

鴨田不發一語地走到第一個桶子旁，以扳手逐一卸下六角型的金屬束帶。一行人在鴨田背後伸長了脖子，屏氣凝神，期待會出現什麼。

「喀嚓！」

一聲後，桶蓋啪地一聲彈開了。裡面只有類似同心管的物體，同心管內側只能看見白白的、看似鯊魚鰭般的巨大皺褶，裡面什麼都沒有。

有人大叫：

「是空的！」

鴨田研究員默默地走到第二個桶子前。他重複同樣的操作，打開之後，內部與第一個桶子相同，也是空的。

不知道從哪裡傳來又是失望、又是放心的嘆息。

終於輪到第三個桶子了。就連鴨田都有點緊張的樣子，以顫抖的手操作扳手。

「喀嚓！」

最後的四腳櫃終於打開了。

「啊！」

「這個也是空的！」

帆村向須永使了個眼色，便獨自走上前去。他手中握著一個粗細與汽車喇叭差不多的滴管及燒杯。

他仔細翻找白色的皺褶，以滴管吸起某種黃色的液體，移至燒杯裡。

不過他取得的量非常少，頂多只能浸滿燒杯底部。

帆村繼續以滴管前端撥開一片又一片彈性十足的皺褶，仔細檢查，

「啊！」

他叫了一聲，把臉湊過去。

「就是它。終於找到了。」

說著，他迅速以指尖拎起一個物體，那是長約一寸，粗細與柳筷[6]相同，反射微弱光線的金屬……，外形有如步槍的子彈。

眾人一臉訝異，盯著帆村指尖的物體。帆村將那宛如子彈般的物體拿到鴨田面前。

譯註6　以柳樹製成的粗筷子，通常於喜慶或新年時使用。

「你知道這是什麼嗎？」

鴨田滿臉疑惑，無言地搖搖頭。

「你不知道嗎？」

帆村不明所以地、重重地嘆了一口氣。

「這個呢……」

眾人都望向帆村的嘴形。

「……是俄軍發射的步槍子彈。它在河內園長體內待了二十八個年頭。也就是說，這就是河內園長的兵籍牌。而且，在沒有燒掉、溶掉園長身體的情況下，它可是不會露臉的，是一輩子的兵籍牌。」

鴨田臉色蒼白，不停顫抖，同時大聲怒喊：

「胡說八道！」

「唉，可憐的鴨田先生，計畫竟然在這種意想不到的地方出了差錯。為了殺害園長，你修習醫學、學習理學，去蘇門答臘研究蟒蛇。回到日本之後，又捐贈巨資，建了這座爬蟲館，於是你又繼續從事研究。這七頭蟒蛇既是你的研究材料，同時也成為你的寶貴兇器。我們經常看到醫學教室的實驗，那是為犬隻動手術，將唾腺拉出體外，接著讓犬隻看香甜美味的餌食，蒐集犬隻湧到體外容器裡的唾液，憑著你在生物學與外科的優秀頭腦與技術，你在蟒蛇的腹腔開了一個孔，細心地採集消化器官的液體，然後小心謹慎地存放到今天。擺放在這裡的桶子，就是構造精妙的人造腸胃。」

帆村的話實在是太教人意外了，眾人都啞口無言，直盯著他的唇形。

「鴨田先生在三十日上午十一點二十分左右，偷偷將園長叫到這間沒什麼人煙的屋子，以毒藥殺害他。接著，他立即剝下園長那身輕便的服裝，讓園長赤裸著身體，衣物則裝進那個大包包裡，當天傍晚若無其事地帶到動物園外去了，不過這是後話。鴨田先生先是撬開園長的嘴巴，將蟒蛇消化液溶不掉的金牙全都拔下來，另外處理，於是他放心地認為這下子可以全部溶光，裝進這第三個桶子裡。他將長年貯存的蟒蛇消化液放進桶子裡密封，再用電動機關啟動同心管，也就是有皺褶的人造腸胃，讓腸胃開始蠕動。保持適溫，持續蠕動，根據鴨田先生的研究，他知道園長的身體將會在今晚八點前，在桶子裡完全溶化，消失地無影無蹤。

正是因為鴨田先生對這件事相當有信心，所以他才願意在這個時間打開桶子。同時，他仍然持續他的計畫，將桶子裡的溶液直接排進下水道裡。若是沖得太快，在這麼安靜的屋子裡，聲音很容易被發現，所以排水閥只開了一半，慢慢地把溶化園長的桶子內容液排出去。不過，這成了一大敗筆。由於排放速度極為緩慢，沒辦法把待在園長體內的子彈沖走，就這樣殘留在皺褶之間。這顆子彈是園長在沙河會戰時勇猛奮戰的結果，遭到敵軍射中好幾發子彈，後來在野戰醫院動了一場大手術，最後有一發還留在體內，沒能取出來。諷刺的是，這顆子彈沒讓園長進棺材，卻留在這個桶子裡。真是可怕呢。再補充一點，園長的金牙，竟然在我的面前，放進燒杯裡，以王水溶化後排進下水道了。鋼筆與鈕扣都是鴨田先生自己丟的，這是罪犯身上才能看見的擾亂手法。」

鴨田還在咆哮。

「胡說八道，你亂講。」

「好吧，雖然我不是很想說，最後還是告訴你吧。」

帆村以平靜的語氣說：

「這起犯案的動機，來自一件非常悲慘的事實。故事要回到久遠的日俄戰爭之時，河內園長以中士的身分，出征滿州，率領一個分隊的士兵，在之前提到的沙河前線，於遼陽之戰奮勇抗戰。當時，有一名叫做柵山南條的二等兵，也不知道是怎麼回事，竟然在敵軍之前犯下無可饒恕的憾事，可能會導致皇軍全面崩潰，園長逼不得已，只好含淚斬殺柵山二等兵。這是出於軍規，身不由己的殺人，不過，分隊中的某人，在他們凱旋回國之後，偷偷向柵山二等兵的妻子說起這件事。比起被害的亡夫，妻子是更踏實的人，當時懷裡還抱著一個年幼的兒子，便立誓要向河內中士報仇雪恨。當時的男孩——兔三夫——便改從母姓鴨田，繼承了半途身亡的母親的意志，才會犯下這件罪行。」

帆村說完了。不過，鴨田學士這回則低著頭，不發一語。

「後來的事就不用多說了。最後，我想向各位介紹一個人。他是給我這起事件的靈感，對我後來的調查方向帶來許多貢獻，已故園長的老戰友，半崎甲平老先生。老先生也是同鄉人，以軍醫的身分出征，後來也見證了以X光發現園長體內子彈的時刻，也聽園長說了不少戰場的祕密。他也認識鴨田先生的亡父，所以我把他帶到這裡。我現在就去帶他過來。」

說著，帆村起身，打開入口的大門，不過，那裡並沒有老人的身影。仔細一看，爬蟲館的出入口有一道足以通過的空隙，外面是漆黑的黑暗。

「啊，鴨田先生自殺了。」

聽見背後傳來的聲音，帆村未曾轉頭窺探。

在他的胸口，一如往常地湧上那股每回事件解決後，都要嚐到的酸澀、憂鬱之苦楚。

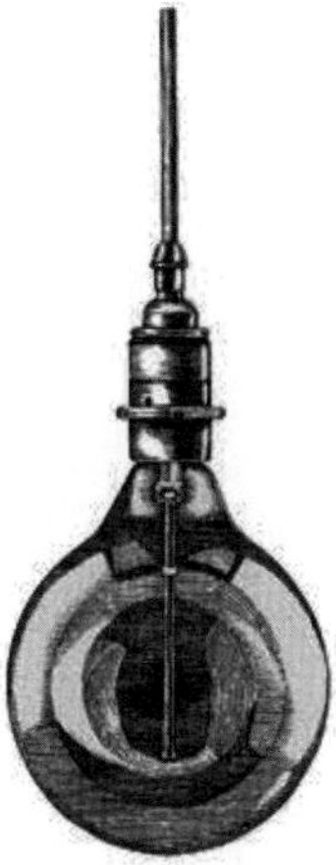

鬼佛洞事件

傳出金屬的銳利聲響。那一秒，帆村舉起的棒子硬生生斷成兩截。一行人完全不能理解，爲什麼棒子突然斷掉了。明明什麼都沒做，怎麼會斷掉呢？太奇怪了。

然而，棒子確實斷成兩截了。

平面圖

探訪鬼佛洞的祕密！

受命於特務機關，在中國從事的最後一項任務，攸關女偵探風間三千子的名譽。

鬼佛洞的位置，在從這裡溯揚子江而上，約七十公里遠的地方，位於江岸〇〇的一處奇妙的佛像陳列館。

這個地方與某國的權益相關，不過據說目前由當地的老大陳程管理。

我們特務機關目前未曾公然踏進鬼佛洞之中，近來，到鬼佛洞參觀的人愈來愈多，知名度也提升了，是個好機會，再加上前陣子以來，偶爾會傳出有人在洞內意外死亡的傳聞，於是決定派遣女偵探風間三千子女士前往鬼佛洞調查。

她認為這是最後的任務，於是果敢大膽地，單槍匹馬前往〇〇，在薔薇飯店下榻。她現在的工作就是取出鬼佛洞的平面圖，熟記神祕的房間位置。她將那張平面圖藏在裙子的暗袋裡。

接下來，她花了三天的時間，默記鬼佛洞的房間位置。這下一來，即使進入鬼佛洞參觀，她也有信心能順利逃脫。

因為她太勉強自己了，覺得腦袋昏沉沉的，那天下午，她睡了一會兒。到了下午三點，身子舒服多了，她起床之後，突然興起上街走走的念頭。

也許是因為當天是星期六，路上的人潮比平常還多。不知不覺中，她已經來到最熱鬧的紅玉路。

路上有很多賣小吃的路邊攤，他們經常發出奇妙的吆喝聲，吸引客人上門。

三千子一時興起，在賣花生的攤販前駐足，說：

「小哥，給我一包好吃的。」

接著將一枚銀幣放在花生山上。

「好的，謝謝。」

顧店的少年迅速從花生山上拎起銀幣，放進嘴裡，再把一袋花生遞給三千子。

「好吃嗎？」

「不好吃的話，妳可以帶火雞來，把這裡的花生全都吃光。」

說著，他突然壓低了聲音，低語著謎樣的內容：

「……今天下午四點三十分左右，有一個人會被幹掉哦。請注意擺在三十九號房出口的人像。」

三千子聽了之後，像是觸電一般，嚇了一跳。

她差一點就叫出來了。好不容易才忍住叫聲，而且輕輕向對方點頭，迅速離開。不過，她的心臟卻噗通噗通地跳得好快。

她專注地、飛也似地走到兩、三丁[1]遠的地方，這才在電線桿底下停留。看一下手錶，時針正好指向四點鐘。

（剛才的內容，一定在說鬼佛洞吧。三十分鐘後，第三十九號房會有人死掉嗎？怎麼會有這麼令人作嘔的通知呢？可是，能接獲這個通知，我好幸運！）

三千子非常興奮，這才發現自己的身子不停顫抖。

（去看看吧。應該還來得及。……就算不是在說鬼佛洞，反正也沒有損失。）

三千子已經下定決心。她根本沒有餘力思考，賣花生的少年為什麼要對她低語這件事。她毫無疑惑地橫越街頭，走向鬼佛洞所在的坡道。

看到三千子走向鬼佛洞，一名青年從花生山後方探出頭來，望著三千子離開的方向，露出竊笑。

身材高䠷的導覽員

來到鬼佛洞的入口，這裡看起來就像是住著妖魔鬼怪的古老紅磚建築，這時已經四點十五分了。為了應付緊急事件，她早就請飯店人員幫她買了附導覽的門票，她將門票伸進寫著驗票口宛如蜂巢出入口般的洞裡。

門票竟然自動被吸進裡面，裡面傳來一個聲音說：

譯註1　一丁約為一〇九公尺。

「請把這個掛在胸前。」

從那個洞裡，突然冒出一個圓形的紅色號碼牌。

（啊！）

這時，三千子的目光迅速掃視到某個物體。那是一隻奇妙的黃手，從裡面把號碼牌推出來。那隻手宛如蠟像的手，又像是死人的手。

這隻手立刻激起三千子的專業意識，為了確認那隻手，她彎下腰，窺探洞口。

「啊！」

隨著乒地一聲，號碼牌啪地打在三千子臉上，同時洞穴內側的門也拉下來了。三千子立刻撿起掉在地上的號碼牌，心跳得好快。因為她在門拉下來之前，看到洞穴的內部了。

（那是手腕。是一隻從手腕以下切除的黃手，把這張號碼牌往前推。……而且那隻手還說了「請把這個掛在胸前」——！）

女偵探風間三千子的背脊，感到如冰塊般寒冷的涼意。

原來如此，不愧是傳說中充滿奇怪事件的鬼佛洞。光是這座不可思議的售票亭，就能讓人明白這座鬼佛洞不是那麼簡單的地方。

不過，風間三千子並不會毫無由來地感到恐懼。儘管她是一名女子，卻已經有所覺悟。一旦來到這裡，在識破鬼佛洞的祕密之前，不管發生什麼事，她都不會退卻。

入口沉重的鐵門，拉開一道僅容一人通過的狹窄通路。三千子將號碼牌掛在胸口，快速衝進那條通路。

嘰！

她身後立刻傳來金屬摩擦聲。明明沒有人推門，入口的厚重鐵門卻早已關得密不透風。

不可思議、不可思議。這是第二起玄奇怪事。

她在昏暗的房間正中央，站了好一會兒。接下來該往哪裡去呢？她現在毫無頭緒。房間裡連一盞燈都沒有。明明不是囚犯，怎麼會這樣呢。

這時候，不知道從何處吹來一陣風。

同時，吵吵嚷嚷的噪音跟著傳進她的耳裡。噪音愈來愈大聲了。她甚至覺得自己簡直就像站在瀑布的正下方。

她嚇了一跳，回頭望向聲音傳來的方向。不知何時，她的身後開了一扇好像出入口的門。可以看見那道門後方傳來隱約的光線。

（啊，原來如此，這樣就能前往第一號房了！）

三千子的腦海中，浮現繪製於絲綢上的，這座鬼佛洞的房間位置圖。現在，她不曾遲疑，立刻衝進第一號房。

那間房間的陳列，讓人分不清是黎明還是傍晚，五、六尊頭部呈圓形的地藏菩薩，背對著巍峨的巨岩，同時呈合掌的姿態，並排站著。

看來轟轟的噪音，來自這座巨岩下方的深潭，吞噬著模擬嘩嘩巨浪的聲響。

以上就是第一號房的全貌。

不明究裡的三千子走進接下來的第二號房，突如其來的眩目光線，讓她兩眼昏花。

定睛一看，環視整個房間，原來如此，這下子開始有來到鬼佛洞的感覺了。這間房間呈橫長形，約三十張榻榻米大，中央有張貴族的床鋪，臉色蒼白的貴族似乎即將斷氣了，莫約十四、五隻穿著整齊華美僧服的青鬼赤鬼，圍在他的周圍，對著臨終的貴族雙手合十。青鬼赤鬼塑像全是等身大的雕像，使用大量鮮豔的顏料，看來栩栩如生。

雙手合十的赤鬼青鬼，到底象徵著什麼意義呢？在雕像的氣勢震懾之下，三千子呆若木雞地站在雕像前。

這時，傳來吵雜的腳步聲，走進一團人。仔細一瞧，來者是六、七名體型健壯的中年中國人，都穿著長袖服裝。他們應該是在三千子之後才進來參觀鬼佛洞的人。

「來，這裡是鬼導堂。赤鬼青鬼會負責引渡，即將引領貴族往生極樂世界。

請到人像的旁邊瞧瞧。仔細觀察，彷彿都能聽見呼吸聲了。哈哈哈哈。」

身材又高又瘦，看似導覽員的男子，回頭對著一行人大笑。

三千子理解了這第二號房人像的意義，恍然大悟地點點頭。

駭人的意外事故

三千子遠遠地跟在一行人後方，逛遍各個房間。導覽的中國人，每到一間房間，就會流暢地說明愈來愈奇怪的鬼佛群像。

三千子實在是太想聽他的說明了，一直跟著他走。不過鬼佛的群像又分為兩種：一種是表情神妙的鬼，化身為僧侶的模樣；另一種則是以阿彌陀為首的高貴神佛，手上卻揮舞著劍或弓箭等武器，充滿殺伐之氣。大致上可以分為這兩種。

「佛終於無法容許人類之惡，才會這樣揮劍。哈哈哈哈。」

那位導覽員在說明之後，呵呵大笑。

聽著他那絲毫不在意周遭觀感的大膽解說，三千子覺得這位導覽員該不會是從臺上走下來負責導覽的吧，這股奇妙的錯覺讓她感到有點困擾。

很快地，已經來到那個時刻。快要到那個賣花生的小弟告訴她的下午四點半了。三千子心想，她必須與這一行人分道揚鑣，盡早抵達那間第三十九號房。於是她脫離一行人，腦海中浮現之前背誦的洞內路線圖，依循最短路徑衝到第三十九號房。

第三十九號房！那個房間裡會裝飾著什麼樣的神佛像呢？

沒想到那是一個出乎意料的平凡房間。

房間宛如一張鰻魚床似地，又窄又長。院子裡種著桃樹，枝椏上結實累累。從本堂延伸至此的迴廊，欄杆漆著美麗朱色及綠色，從左手邊一直朝向中央延伸而來。來到中央的一座階梯處，迴廊在這裡終止。樓梯下方有一個臉為水牛、體型龐大的僧侶塑像，他抬起一條腿，橫拿著長長的青龍刀，正要斬下的模樣，正面對著參觀的訪客。房裡只有這尊人像。經過這尊人像之後，立刻就是通往下一個房間的入口。

（不久就會有人在這個房間死去，這是真的嗎？）

三千子站在桃樹旁，歪著頭想。這可不是什麼血腥的光景，拿青龍刀橫砍，動作誇張的水牛僧人，看起來反而呆呆傻傻的，十分滑稽。若說有什麼讓她感到不安的部分，應該是這房間的照明，明明就很明亮，卻用了淺紅色的燈光。

就在此刻。隔壁傳來人聲，接著是人群走近的腳步聲。

（終於有人來了。）

看一下手錶，再過兩、三分鐘，就是下午四點三十分了。表示現在走進來的那群人之中將有一個人死去。三千子不想被那群人發現，把身體緊緊貼在人像另一頭的入口暗處。

很快地，參觀者進來了。仔細一看，他們不就是剛才那五、六個中國人嗎？

（果然沒錯！）

三千子暗自點頭。如果按照正確的順序繞行，這一行人抵達的時間應該會更晚一點，至少在二、三十分鐘後才會繞到這間房間。他們卻彷彿特地配合那個不祥的時刻，走進這第三十九號房，想到這裡，又想到這裡面的某個人可能要被送往死亡國度了。風間三千子心想，這肯定不會是自然的死亡，而是一起即將發生的預謀殺人事件。

一行人走進房裡，將注意力都放在人像上，三千子趁機離開入口，躲在隔壁的前一個房間，也就是第三十八號房。她在入口的暗處，一雙眼睛眨也不眨地，注視著第三十九號房的情況。

「這是水牛佛正要斬殺偷桃人的模樣哦。哈哈哈哈。」

導覽員不自然地笑著。

一行人當中，挺著一顆大肚腩的中國人問：

「水牛佛是這尊人像吧？怎麼沒看見偷桃人？」

「哦，問得好。根據鬼佛洞的傳說，水牛佛確實揮舞著青龍刀，把偷桃人細細的脖子斬斷了，也不知道怎麼回事，打從一開始就找不到偷桃人的人像。」

「這是什麼意思？」

「我也不知道是什麼意思，總之，沒有就是沒有。」

「是不是這樣？在這座鬼佛洞裡，說不定有成千上萬尊人像，偷桃人的人像是不是混在這些人像裡了呢？」

「哦哦，原來如此。你這個想法不錯。哈哈哈哈。可是啊，絕對不會有這種事的。因為大家每天都在檢查這些人像，已經看了幾十年、幾百年了呢。再說，我們也有偷桃人的畫像哦。」

「真的嗎？」

「是真的，畫像上的偷桃人，臉好似一顆甜瓜，上面長著眼睛鼻子，唇瓣比較厚實，眉毛淺淡，額頭的正中央有一顆痣。長得簡直跟那邊那位顏子狗的臉一模一樣呢。哇哈哈哈哈。」

「啊哈哈哈哈，真好笑。喂，顏子狗，別悶不吭聲，你也說幾句話啊。」

「……」

名為顏子狗的男子沉默不語，只見他的雙唇及拳頭不斷顫抖。就在這時。也不知道是怎麼回事，房間裡突然一片光亮。白光的亮度瞬間增加，就像正午一般明亮。人們突然面色如土。也許是安裝在天花板上的水銀燈突然亮起來了吧，一時之間，大多數的人並未察覺這件事。

「喂，顏子狗，你幹了什麼？快說！」

「你想嚇唬我嗎？天生愛偷東西的到底是誰啊？我再也不想跟你來往了！」

說著，顏子狗快步走向另一頭。

「喂，顏子狗。」

導覽員從背後叫住他。

「我想我再也不會跟你見面了。小心慢走。哈哈哈哈。」

「笑死你好了。」

顏子狗烙下最後一句話，再也不肯回頭看眾人，自顧自地正要穿越水牛佛的前方，……就在那一秒。

「啊！」

顏子狗的身體有如撞上一堵肉眼看不見的牆，突然往後退。同時，他抬起雙手，護住自己的脖子。然而，這時，他的肩膀上方已經看不到首級了。他的頭顱發出鈍重的聲音，滾落在他的腳邊。接下來，他那具失去首級的身體，就像扔米袋一般，砰地一聲倒在地上。

一行人宛如化為雕像，他們全都被四、五公尺前方，顏子狗的離奇死亡嚇傻了。

雖然風間三千子位於遙遠的後方，不過她一直看著這場在明亮水銀燈下上演的詭異事件。不，她可不只用眼睛看。

（啊、那個人危險了！）

正當她這麼想的瞬間，她的手已經伸進手提包，拿出小型的攝影機，對著顏子狗的方向，按下錄影鈕。於是，就在這一片吵雜的情況之下，將明亮水銀燈下，顏子狗的臨終模樣，收進她的機器之中。

事後，就連她自己也對這場神技感到意外萬分。應該是出於自己的職責，才會讓她在緊急的情況下立下大功。

然而，她畢竟還是一名女子。看到顏子狗的頭顱滾落於地面，她也差點暈了過去。

要是那時，她的身後沒人出聲叫住她，女偵探說不定會當場昏倒吧。

不過，有一個不可思議的聲音，迅速地從她背後叫住她。

「喂，大小姐，這下立下大功了。不過，妳不快逃的話，會有危險。」

「咦？」

三千子嚇得魂不附體，立刻回頭。不過，那裡根本連個人影都沒有。不對，嚴格來說，站在那裡的只有挽起衣袖的青鬼赤鬼群像，面向側面耕田。

不過，那不知道從哪裡傳來的聲音又繼續說：

「大小姐。最晚要在五分鐘之內離開後門。妳知道路吧？請選擇捷徑，盡快從後門離開。要是門關上了，請在窗口下方敲三下。動作快！千萬別被他們發現了！」

對方的中文講得非常快，她覺得似乎在哪裡聽過這個聲音。不過，她現在根本無暇回想這件事。

「謝謝。」

她道了一聲謝，先往後退，循著她記憶中的捷徑，飛也似地跑到後門。接著她敲了三下門，總算衝到鬼佛洞外頭。

天空中的雲彩，映著美麗的夕照。她覺得自己彷彿在鬼佛洞裡關了一百年之久。

帆村偵探登場

特務機關長官說盡所有的好話，來讚揚風間三千子的功績，這件事自然不在話下。

「哦哦，這下子新政府就能光明正大地向○○權益財團提出抗議了。看來，打倒不友善第三國○○的日子就快來臨了。」

說著，特務機關長官笑得十分燦爛。

「要提出抗議嗎？鬼佛洞也會因此關閉吧？」

「不久就會關閉了吧。不過，目前為了提出抗議，鬼佛洞是重要的證據呢。到現場之後，秀出妳拍攝的顏子狗臨終影片，對方應該會乖乖聽話才對。」

特務機關長官似乎覺得前途一片光明。

第二天，新政府向〇〇權益財團發出嚴正的抗議文。

抗議文的概要如下。

「我們政府為了確立〇〇的治安，打算在當地常駐警力。未來，警力進駐後，首先將關閉鬼佛洞，其次將收容在鬼佛洞內遇害的我國忠良市民顏子狗的屍體，第三，要求引渡殺害前述顏子狗的犯人。」

然而，對方對此卻是淡然置之，做出以下的答覆。

「我們能確保〇〇的治安十分良好，鬼佛洞內並未發生殺人事件。」

這可不成，新政府送出第二封更強硬的抗議書，而且將風間三千子拍攝的顏子狗臨終影片沖洗成照片，做為那份抗議書的附件。

這樣一來，對方也只能乖乖認命了吧，沒想到送來的答覆竟然是……

「原來如此，似乎有人在洞裡死亡了，照片也拍得非常清楚，其他人與他相距五、六公尺，不可能斬斷某人的脖子。更何況從這張照片也可以明確證明，他們手上根本無人持劍。無端生事之抗議，徒增煩惱。」

對方正面否決抗議書的內容。

原來如此，這麼說來，對方說得也有一番道理。

不過，一旦提出抗議，就不能輕易退卻。於是，新政府針對對方的攻擊點，提出猛烈的辯駁。

雙方你來我往，持續了兩、三回合，最後終於議定一個解決方案。那是什麼樣的方案呢？

「請雙方派人到鬼佛洞的現場見面，進行檢證吧。」

於是，雙方約好日子，各派委員在鬼佛洞內碰面。

新政府派出八位委員，其中三名是特務機關成員，風間三千子也是其中一員。

當天早上，新政府的五位委員來到特務機關打招呼，三千子見到其中一名委員，驚訝地差點滑掉手上的花瓶。

「這不是帆村先生嗎？」

她口中的帆村，是在東京丸之內開設事務所，知名的私家偵探帆村莊六。他是擁有理學博士學位，有點特別的學者偵探，過去風間三千子曾在事件中，多次蒙受他的協助。尤其是在工作之時，她曾經兩次遭遇生命危險，那兩回，帆村偵探都像一陣風一般現身，拯救她免於危險。

帆村既是她的前輩，也是她的救命恩人，沒想到他竟然會突然來到中國，這也怪不得三千子差點砸碎花瓶。

帆村笑咪咪地來到她身旁。

「嗨，風間小姐，立下大功的女偵探，可是人人都豎起大拇指稱讚。今晚願意賞光，讓我請妳吃一頓晚餐嗎？」

「唉呀，這怎麼好意思……」

「不不不，妳千萬別客氣。畢竟能在那麼緊急的情況下迅速進行攝影，已經不是一般正常人了，根本是神技呢。」

「您別取笑我了。對了，帆村先生，您是政府方面的委員之一，請問您擔任的職責是什麼呢？」

「我嗎？那個，以戰爭來說，我算是偵察隊吧。」

「戰爭的時候，偵察隊負責做什麼呢？」

「這個嘛。簡而言之，偵察隊要看穿敵方的作戰，有時候則要將生死置之度外，衝進敵陣殺敵。」

「哦哦……」

說著，三千子在帆村身上感到一絲不吉利的陰影，只覺胸口一緊。

上午時分，雙方總算在陰氣逼人的鬼佛洞內展開會談。洞裡連一扇對外窗都沒有，根本分不出是白天還是黑夜。

〇〇權益財團一樣派出八名委員出席，除此之外，還有先前不曾見過的，表情凶狠，自稱鬼佛洞守衛隊的中國人，手持著粗棍棒，四處閒晃。

談判終於開始了。

對方派出一名身材纖瘦高大的委員，站在最前方，

「我是這座鬼佛洞的長老，叫做陳程。你們說鬼佛洞的治安敗壞，裡面還有善良市民遭到謀殺，都是子虛烏有之事，想要來我們鬼佛洞找碴，太不可取了。」

他一開始就端出一副準備開戰的姿態。

三千子站在後頭，才見到自稱長老陳程的男子一眼，她的心就跳得好快。因為她十分肯定，這名長老正是前幾天帶著顏子狗一行人在各房間參觀，習慣呵呵傻笑的導覽員。

她正打算悄悄告訴帆村這件事，但在那之前，帆村已經衝到前頭了。

「您好，陳程委員，我是帆村委員，在這個地方爭論，也是無濟於事。不如我們前往現場，請您說明一下平常的情況吧。」

「現場啊。現場都已經準備好了。馬上就帶你們過去，不過你們必須遵守洞內的規定。第一，沒有我的允許，不可以隨便亂碰。第二，不准抽菸。第三……」

「這些都是常識。好了，請帶我們去現場吧。」

一行人終於踏進出事的第三十九號房。

室內的模樣與之前相同，唯一值得一提的怪異之處，只有之前的紅色燈光。三千子再次清晰憶起當天的情景。她感到腳底傳來一種滋滋滋的詭異震動。

「……顏子狗的自殺屍體就在那裡。我們全都聚集在距離四、五公尺遠的地方。在你們提供的照片上，也拍得很清楚。」

陳程長老用手上的粉筆，在欄杆底下畫了一個大圓圈。

「從這麼遙遠的距離，斬斷顏子狗的脖子，就連魔術師都辦不到啊。你認為有人辦得到嗎？哈哈哈哈。」

長老露出勝利的微笑。

帆村偵探並未露出慌張的神態。他背對著長老，走近顏子狗倒下的地方。

「哦哦，他就是在這座水牛佛之前斷了氣吧。也就是被水牛佛引渡了是吧。所以顏子狗屬牛嗎？呵呵呵。」

帆村一如往常地開起玩笑。接著，他將手上的香菸叼在嘴裡，看似美味地抽了起來。

「喂，不是說了這裡不准抽菸嗎？剛才明明已經警告過你了。」

陳程長老漲紅了臉，衝了過來。

「哦，好像有那麼一回事。」

帆村隨手把香菸扔掉。已經點著的香菸，在水牛佛的旁邊，冉冉飄起煙霧，升到高空之中。

這時，也不知道為什麼，帆村以非常認真的眼神，望著煙霧的去向。

靜止佛的幻影

（水牛佛揮舞的那把青龍刀，看起來好銳利，應該真的能砍人吧。不過，顏子狗應該不會故意把脖子伸到那裡去吧。而且他是在這邊倒下的。）

帆村興致勃勃地一直盯著水牛佛那把砍向右邊的青龍刀。帆村很介意一件事，以那把青龍刀的高度來說，正好相當於一般人脖子的高度，而且刀刃還呈水平狀。

（原來如此。這樣一來，只要這具人像像這樣轉一圈，那把青龍刀就能輕易斬斷站在這裡的人的脖子。所以呢……）

帆村走到長老身邊，

「長老，那座水牛佛會不會動呢？不對，應該是說它會不會旋轉呢？」

聽了這句話，長老突然瞪大了眼睛，下一秒，他的嘴角浮現笑意，

「怎麼可能。要是人像會動、會旋轉，事情可就嚴重了。不然你去它旁邊仔細調查吧。」

「我可以調查嗎？不會造成您的困擾嗎？」

「要是有人見過那尊人像在動，我就把水牛背上所有的銀幣都送給他。」

「您說的是真的嗎……」

「你很囉嗦耶，還不快點調查？」

帆村點點頭，轉頭一直盯著水牛佛。

這時，房間一下子亮了起來。天花板的水銀燈又亮了起來。

「是誰開燈的……」

長老回答：

「這房間的照明會自動切換。」

不過帆村可沒錯過，他看見長老偷偷把手放在迴廊的柱子上，輕輕按了一下。

（他動了手腳。從照明突然變亮看來，那根柱子可能有切換照明的開關。）

明亮的青白色光線，將室內照得宛如正午一般明亮。水牛佛的臉看起來更詭異了。

帆村偵探直接往水牛佛的方向走過去，這時，他好像嚇了一跳，低聲「啊」地叫了一句。

「喂，把那根棒子借我一下。」

帆村回過頭，從站在一旁的守衛手上接過棒子。

「來，請大家仔細看我這邊。」

話才說完，帆村就蹲了下來。接著，他維持蹲下的姿勢，慢慢地走近水牛佛。

「注意看棒子！」

帆村蹲著，高舉棒子。接下來，平靜地湊到水牛佛前方。一行人都緊張地說不出話來。

只有風間三千子覺得帆村似乎想叫大家看些什麼。

啪嚓。

傳出金屬的銳利聲響。那一秒，帆村舉起的棒子硬生生斷成兩截。一行人完全不能理解，為什麼棒子突然斷掉了。明明什麼都沒做，怎麼會斷掉呢？太奇怪了。然而，棒子確實斷成兩截了。

帆村依然蹲著，轉頭看大家。

「看到了嗎？這根粗棒子像是被某種銳利的刀子砍斷似地，斷成兩截了。請大家目測棒子切口的高度。如果我不是像這樣蹲著，而是站得直挺挺的，走到這個地方，斷的應該不會是棒子，而是我那纖細的脖子了。怎麼樣？大家明白了嗎？」

委員們紛紛搖頭。他們了解帆村的脖子會被砍斷，卻不明白為什麼會這樣。

「將棒子切斷的是銳利的刀刃。我想大家都以為那把刀刃是無形的。不過，刀刃確實是有形的哦。就是這尊水牛佛手上的大青龍刀，剛才就是它斬斷了棒子。」

「喂，你少在那裡胡說八道，誰會相信你啊？」

陳程長老講了一些討厭的話。

「你說我胡說八道？那麼，你敢來到這邊站直嗎？」

「你以為我不敢嗎？」

「咦？真的嗎？危險，閃開！」

當帆村大叫的時候，已經太遲了。

長老直接衝向帆村的方向。

「啊啊……」

下一秒，陳程長老的首級離開他的身體。接著傳出鈍重的聲音，滾落在地板上。

「啊、危險。別靠近這裡。雖然我們的肉眼看不見，不過這尊水牛佛手握著青龍刀，像顆陀螺一樣轉個不停啊。不想死的話，千萬別靠近。」

說著，帆村又蹲下來，回到大家的身邊。

一行人突然感到一股不安的情緒，想要搶在帆村之前，逃到前一個房間，不過，大家又害怕要是輕舉妄動，說不定自己的頭也會飛出去，當場不知所措，最後雙腿無力地坐在原地。

不可思議的殘像

「風間小姐。那個地方可以證明人類的眼睛，如何被殘像誤導哦。」

事件過後，帆村回應風間三千子的問題，沉重地開了口。

「您說的殘像誤導，指的是什麼呢……」

「也就是這樣。現在，我去搬一張旋轉椅來放在妳面前。我會以一、二、一、二的節奏，轉動這張椅子。請妳閉上眼睛，我喊一或二的時候，睜開眼睛，再立刻閉上。也就是，妳要配合我喊一、二、一、二的節奏眨眼。讓我們來試試看，等一下妳會看到椅子呈現什麼樣子。」

帆村將旋轉椅置於三千子面前，把手搭在椅子上。

「來，要開始囉。別忘了要配合節奏……。來，一、二、一、二……」

三千子按照他的指示，配合節奏，睜眼與閉眼。

「三千子小姐，請問妳看到的椅子，呈現什麼情況呢？」

「該怎麼說呢……」

「妳是不是看到椅子一直靜止不動呢？」

「啊，沒錯。椅子一直朝向正面，沒有移動。真是不可思議。」

「這就對了。代表實驗成功了。也就是說，雖然我轉動椅子，不過妳看起來椅子卻一直靜止不動。原理是什麼呢？因為妳配合我指令的節奏，只有在椅子正好轉到正面的時候，才會睜開眼睛來看椅子。所以妳會覺得椅子一直沒有移動。」

「哇，好神奇哦。」

「再回到那尊恐怖的水牛佛身上吧，它也拿著青龍刀，一直不斷旋轉。以我們肉眼看不出來的超快速度轉動著。不過，只看一下下的話，會覺得它一直是靜止的。」

「看起來是這樣沒錯。可是，我們又沒有睜眼閉眼。」

「妳說得當然沒錯。不過，卻有一個裝置，同樣讓我們睜眼閉眼。」

「同樣讓我們睜眼閉眼……」

「當時開了水銀燈，對吧？那盞水銀燈以極快的速度閃爍著。而且正好配合水牛佛旋轉的節奏。也就是說，水銀燈只會在水牛佛朝向正面的時候亮起，照亮房間。所以，在我們看來，水牛佛並沒有旋轉，而是一直朝著正面，靜止不動。這樣妳懂了嗎？」

「懂了。雖然您這樣說，不過，我並不覺得那盞水銀燈在閃爍啊。」

「那是因為人類肉眼對殘像形成的誤導。妳看到一般的電燈時，也會覺得忽明忽暗，一直在閃爍嗎？」

「不會。電燈一直都是亮的。」

「不過，那些電燈可能會閃爍一百次或一百二十次。一般來說，人類的肉眼在看到一秒之內閃爍超過十六次以上的情況時，就不會有什麼感覺了。其實真的有在閃爍，我們卻感覺不到。電影也是這樣哦。電影規定一秒要十六張或二十張，只要畫面填滿整個鏡頭，光線就會從光源穿透膠捲，投影在放映銀幕上。這時，放映銀幕是全暗的，但是殘像會暫時停留在人類的肉眼上，所以不覺得畫面閃爍。因此，只要將膠捲的轉動速度放慢，就能看見閃爍的畫面。」

「您這段話，讓我想起之前學過的電影原理了。」

「妳能了解真是太好了。所以妳應該可以理解，為什麼急速轉動的水牛佛看起來卻像靜止不動吧。要是還不明白的話，可以再次回想剛才的旋轉椅。」

「我總算懂了。可是，有很多人經過水牛佛的面前，脖子也沒被斬斷啊。」

「是的。點著紅燈的時候，是安全的。這時，水牛佛真的處於靜止狀態。切換成水銀燈之後，水牛佛才會開始旋轉。」

「您怎麼發現那尊水牛佛會旋轉呢？好危險哦。」

「嗯，真的是千鈞一髮，是香菸讓我發現的。」

「香菸？」

「沒錯。我被陳程長老責罵，隨手扔掉的香菸還沒熄滅，當時煙還筆直往上飄。後來，那陣煙突然亂了，我這才猛然發現。雖然在此之前，我已經懷疑水牛佛人像是不是會轉動，直到我扔掉香菸，看到煙靜靜地往上升起，我才得知當時的人像還沒有動作。」

「當時還點著紅燈吧？」

「沒錯。……對了，我忘記說了，自殺的陳程長老，對我們來說雖然是個惡徒，不過，據說他是長期為某國工作的機械工程師。因為對顏子狗動用私刑，意外讓這件事曝了光，才讓他走向毀滅之路。濫用科學的心術不正之人，他的末路永遠都是這麼悲慘。」

說著，科學家帆村莊六偵探再次點燃他愛不釋手的金鵄香菸[2]。

譯註2 原名 Golden Bat，是日本的國產香菸，已於二〇一九年停產。

西湖屍人

青年漢于仁，今天也在窗邊，倚著椅子，眺望著遠方閃耀的西湖。鈷藍色的天空一片晴朗，萬里無雲。這陣子，每天都是好天氣。

湖的左邊，是彷彿以黛色用力暈染開似的、綿延不斷的蘇堤。

1

離開位於銀座巷弄的酒吧船沙龍時，兩人都喝得酩酊大醉。

我覺得被稀疏黃色路燈照亮的熟悉小巷，看起來宛如泡在水裡，至於帆村那傢伙呢，則像知名的猴子雪梨那般，把黑色紳士帽戴成橫的，以枴杖跳著探戈，拖著他的長腿往前進。

我覺得這樣也很浪漫，並不以為意，不過，帆村本人的工作不是私家偵探嗎？從帽頂到鞋底，都應該是現實主義才行吧。不過，今夜，他完美甩掉了這些特徵，看起來全身上下都是破綻。如果對他心懷怨念的前科犯，反握著小刀現身的話，那該怎麼辦才好呢？我實在是很擔心。

出於一股難以言喻的不安，我好想從他背後大聲警告他。我很清楚，這股宛如嘔吐感般一湧而上的不安，倒也不是爛醉造成的。肯定是近代生活於都市的人們，百分之九十九都在不知不覺中染上的強迫症造成的。

我追上帆村蹣跚的步履，搖搖晃晃地靠近他的右邊，壞心眼的帆村反而故意搖搖晃晃地倒向左邊。因為時間點的關係，即使是銀座的小巷弄，路面仍然十分寬闊，兩側的人家都靜悄悄地睡著了，各種不同形狀的路燈，也在半夢半醒之間，照亮我們腳下的路。

對於醉漢來說，十字路口實在是教人愛不釋手。帆村緊貼著三間[1]遠的水泥牆走著，看到十字路口之後，立刻高興地張開雙臂，擺出一副要衝斷終點彩帶的樣子，舉步維艱地走著。這時，我在他身後看著，突然驚覺。

……有個奇怪的傢伙，正慢吞吞地從另一條小巷走到十字路口！

我實在是看不清楚對方的模樣。儘管如此，我還是覺得自己好像看見有人走在那條巷子裡。不對，我好像看見了。這有點不可思議，又好像沒那麼不可思議。長年住在都市裡的人，不僅神經極度敏感，甚至已經神經衰弱到病態的程度，即使不需要特殊的修練，都能稍微練就一點透視的功夫。每次講到這件事，

譯註1　一間約一．八公尺。

各位不妨也在情況好的時候，輕輕握住口袋裡的懷錶，猜想一下：

現在幾點幾分？

這時，眼前就會浮現一個朦朧的白色時鐘盤面，清楚看見短針與長針的角度。接下來，再鬆開拳頭，看真正的錶面。

果然沒錯！跟剛才猜的一分不差！

這下子，各位還不相信嗎？

在十字路口，帆村跟那個黑色人影已經撞成一團了。

我抱著想幫忙的心情，在馬路上衝刺，不過，與其說我是跑過去的，不如說我是游過去的吧。

站在帆村面前的怪異男子，熱切地詢問：

「我、我、我、我還，活、活、活、活著嗎？」

帆村被那男子揪住胸口，只能低聲呻吟：

「嗚嗚，唔唔嗚。」

那個男子泫然欲泣地大叫：

「喂，請你摸摸我的身體。請摸這一邊。」

接著，他放開帆村，發出劈哩劈哩的聲音，撕碎他的襯衫，從裂縫中坦露他宛如屍體一般蒼白的胸部。我這才仔細觀察那名男子的模樣，是比我想像中還要年輕許多的男性。年紀莫約二十四、五歲吧。不過他非常憔悴。皮膚連一絲血色都沒有，下眼皮鼓脹、下垂，大大的眼睛有如魚干一般，失去了光采。

帆村以手背擦拭嘴角的口水，邊說：

「你說的話，很、很、很有趣啊。」

帆村彎下腰，把指尖移到自己眼前，抖著手指說：

「還活著嗎？嗯，這裡是不是你的胸口啊？我摸。」

「請握我的手。」

「好，握了。」

帆村踉蹌地握住怪異青年的手。

「那隻手還連在我的身上嗎？」
「你在說什麼傻、傻、傻話啊。沒連在身上，不然會連在哪裡？」
「我說話的時候，嘴巴有沒有在動呢？」
「什麼？嘴巴嗎……？開開闔闔的啊，你是不是瞧不起人啊？」
「看我的！」
帆村要對方振作起來，用力地敲了青年的頭。
青年完全沒露出痛苦的表情。
他立刻浮現恐懼的神色。
「喂！可恨的幻影啊。快點從我的眼前消失。快點消失！」
他睜大雙眼，吐出這串乍看之下沒有意義的話，隨後又全身發抖，很快地轉身逃走了。
「喂，你別逃！」
不知不覺中，帆村大叫的聲音，又恢復成平時那種清爽的語氣了。

我也怒吼。

「好，我要抓住你！」

（這可不是開玩笑，說不定是什麼事件。）我的醉意終於醒了。

我像士兵一般，率先追趕著怪異青年的背影。伸長了右手臂，幸好碰到他的肩膀。我奮力一跳。

「嘿！」

我撲上去。

「可惜！」

我覺得自己受到拉扯（也許包括酒精作祟的成分），身體在半空中轉了一圈，最後腰骨狠狠受到撞擊。我只能躺在地上，無法動彈。我隱約得知帆村勇敢地跨過我的身體，往前追趕。不過，我全身動彈不得。完全搞不清楚我的手在哪裡，我的腳在哪裡。我唯一能察覺的是（在這個時候有點太悠閒），身邊傳來一股濃郁的香氣。

（這是不是麝香的味道呢？）

我心想著這件事，宛如置身於夢境當中。

我的意識突然鮮明了起來。像是朝霧被風吹散，附近一下子亮了、放晴了似地……。

（都是因為這東西蓋在我頭上啊。）

我把漆黑的布從臉上拿開，抬起上半身。那塊黑漆漆的布，是一件西裝外套。

（對了。我抓了怪異的男子，原來是抓到他的上衣！）

我也恍然大悟那詭異的香氣是從那件外套傳來的。儘管如此，那好香的氣味，感覺好像有點異國情調。我下意識地伸長手，翻找那件外套的口袋。

（哦哦，裡面有東西！）

那是一個大小可以握在掌心的物體。我取出一看。對著光線研究。然後再摸一摸。好像是一只瓶子。

突然之間！附近有人叫喚我的名字。我緩慢地起身。

有個人影穿越小巷，宛如飛鳥一般衝了出來！啊，是那傢伙！他又回頭了！跟他有段距離的地方，則是在後方追趕的帆村。

「打起精神！快點跑啊！」

帆村對著我大叫，追在怪異人物身後。接下來好像有人在半夜跑出來湊熱鬧。我不想被那些看熱鬧的人超越，於是猛烈衝刺。現在跑步已經沒問題了。

那名像老鼠一樣怪異的青年，以飛快的速度逃跑。每次在路燈斜向投下黃光的街角轉彎。

「他在那裡！」

怪異青年的黑影也只是一閃而逝。與我們及看熱鬧的人之間，一直保持著一段距離。不知不覺間，我們來到丸之內附近的護城河畔了。

「啊，太好了。他跑進死巷子了。等他回頭的時候，就可以被我們抓個正著。」

聽見帆村的聲音，讓我在最後的五分鐘全力衝刺。果然來到那條死巷的入口了。

「等一下！」

帆村躲在死巷入口，像倒下一般趴在地面，安靜地從下方窺探死巷。

三十秒、四十秒、五十秒，帆村都不曾移動。

過了三分鐘，帆村拍掉灰塵，站了起來。他在我的耳邊輕聲說話。

兩名立起大衣衣領，叼著香菸的醉漢，雙手環胸，步履緩慢地走進死巷，……那當然是帆村與我。

那條死巷還不到五十公尺。兩側各有三戶人家。右側全都是商業區裡的純住宅，門窗已經緊閉。左側則是從大馬路延續過來，以紅磚砌成的三層樓建築，好像是一家咖啡廳，可以看見昏暗的入口。後方則是兩層樓的純日式建築，這戶已經鎖上門窗。這條死巷的盡頭則是護城河。

因此，只剩下咖啡廳還開著了。

我們在掛著龍咖啡的霓虹燈招牌的入口處窺探。

「唉呀，您好，呵呵呵。」

原以為入口沒有其他人，在假花的陰影處卻有一名女子。我緊緊握住帆村的手臂，有點緊張。

「喂、妳們這裡還可以喝嗎？」

「當然，歡迎光臨。」

「謝啦。我跟我的好朋友打算再喝一家，好嗎？」

帆村將看似醉漢般軟弱無力的手，伸到我面前揮了揮。我立刻明白他的意思。

正要跨進入口的時候。

「哦，等等。」

帆村突然抓住我的手臂，一直走到護城河畔，翻開前面的衣服，發出涮涮的聲音，小便了。我很清楚，帆村這傢伙打算藉著小便的機會，窺探護城河的形勢。

走進店裡，得知那是一家平凡無奇的咖啡廳。沒想到只有店面寬闊，事實上是間幾乎完全沒有深度的屋子。帆村走在前頭，慢吞吞地爬上三樓。每一樓各有

四、五個客人，不過我們完全沒看到那個我們在找的傢伙。

「要喝點什麼？」

先前在入口的女服務生，也跟著我們來到三樓。

「啤酒。那個，妳叫什麼名字？」

「我叫真理子，請多多指教。」

她是個很適合極短妹妹頭的女孩。瀏海正好垂在她細長明亮的眼睛邊緣。最可愛的就是她那看似尚未發育完全的下巴。

「喂，真理。」

帆村立刻叫了她的名字。

「這裡有貴賓室吧？。還是什麼地下室之類的？請帶我過去。」

「這裡沒有地下室哦。三樓就算貴賓室了哦，呵呵。」

回完這句話，真理子就下樓了。

我正想要找菸盒，把手伸進口袋裡，指尖碰到一個堅硬的物體，我想起來了。

「喂，這是戰利品。」

我先戳戳帆村的側腹，接著在桌子底下輕輕取出從那名男子外套順手牽羊來的東西。

帆村似乎已經理解一切，低聲說：

「什麼？好像藥瓶呢。」

「上面點著標籤。Borraginol（保能痔）。」

我花了點功夫唸出藥名。

「保能痔不是痔瘡藥嗎？」

帆村露出一臉遇到新問題的表情，稍微歪著頭。

這時，我發現真理子好像踩著啪嗒啪嗒的腳步聲上樓了，於是我沒有時間進一步問帆村，又把藥瓶收進口袋裡。

2

在小石川的音羽附近，有一道非常有名的斜坡，叫做鼠坂。那道斜坡從音羽往小日向台町的方向，呈上坡路段，坡道寬度莫約兩公尺，非常狹窄。上坡入口處還沒那麼窄，大約爬個三丁遠，任誰都會後悔爬上這道斜坡吧。因為這道有名的斜坡，從這裡開始急速傾斜，無法輕鬆地往前進。再加上路上愈來愈多泥濘，每次用力往上爬一步，差不多會往下滑兩步。抓住路旁的桿子才能勉強撐住身體，氣喘吁吁。等到有餘力環視周遭，也許你會驚訝地誤以為自己來到高野山，一旁的杉樹與櫸樹老樹的粗幹層層交錯，高聳入雲，仰頭眺望天空，也僅能看到一公尺見方的天空。這時，冷冽沁脾的山氣，讓人背脊為之一涼。人們彷彿在這道陡坡看到一隻老鼠，儘管這隻老鼠身手矯健，仍然無法衝上這道濕濡的陡坡，只能不斷掙扎，……據說這就是鼠坂這個名字的由來。

在這條坡道的中間，不知道該繼續往上爬，還是乾脆往下走的地方，還有一條更細的小路，往側面延伸，可以看見遠方那戶人家半腐朽的門柱。屋子的大門每個月除了兩、三天以外，平時鮮少敞開。門鈴傳出鈴鈴鈴澄澈聲音的日子，多半是每個月的上旬。如果從籬笆仔細窺探，訪客只會在夜晚光臨，至於年齡方面，多半是四十歲以下，比較年輕的男女，都穿著較為正式的服裝。

帆村偵探也是當晚的其中一名訪客。

他在樓下的會客室，依序等待。眾人之中，有個穿著日式禮服褲裙，下巴蓄著鬍子的男子，一直在討論超常現象的物理學。他隔壁坐著半年前喪夫，依舊豔光四射的寡婦，還有一名年輕女子坐在她身邊，應該是她的姪女。只有帆村獨自坐在末席。伸長了手，就能碰到泛著寒光的走廊。來到走廊，有一座很窄的樓梯，通往二樓。

「鏘！」

樓梯上方傳來好似敲擊銅鑼的聲響。

「輪到你了。」

下巴蓄著鬍子的男子停止說話，向帆村示意。

帆村恭敬地點頭致意，伸直了痳痺的雙腿，站起來。

和明亮的一樓相比，樓梯上方更接近黑暗。他用手摸索著往上爬。來到最後一層階梯，異樣的光景浮現在他的眼前。

那是兩間十張榻榻米大的和室，紙拉門開著。點了昏暗的燈光。小型霓虹燈在簾幕後方綻放著桃紅色的微弱光線。一名婦女背對著壁龕，面朝這邊坐著。光線太暗了，實在是看不清楚，但是她應該不年輕了。她的隔壁是一名禿頭的老人，前面擺著一張放了手電筒的小桌子。另外兩個穿著西裝的年輕男子，則在婦女面前擺出十分恭敬的態度。

「大竹女士。」

老人叫喚隔壁的夫人。

「順便多請一位好了。」

被稱為大竹女士的婦女沉默地點點頭。這時，隱約看見她的側臉，他發現對方是一名年約四十二、三歲的臃腫中年女性。

聽了這句話之後，兩名西裝男子客氣地低頭致意。

「下一位客人，真抱歉，我們要再多請一位，請您稍等。」

聽見老人平靜的聲音，帆村也無聲地同意了。

老人起身，緊貼在婦人前方坐下。右手貼著婦人的額頭，不久輕輕收手，接下來雙手合十，在胸前上下用力揮動。

「昭和四年[2]二月十八日殞歿，俗名宗清民的靈魂……」

老人嘶啞的聲音尚未結束，大竹女士已經發出呻吟聲。

「唔唔，啊啊——」

「他來了。請跟他說話吧。」

老人抬起手，向兩人示意，回到原本的小桌子前方去了。

「請問是宗老師嗎？」

譯註2　西元一九二九年。

說話的是三十四、五歲的男子。

「我是宗。我現在在忙，等一下再來。」

大竹女士緊閉雙眼，以男性的聲音回答。

「老師，我是曾我貞一。我帶神田仁太郎來了。」

「曾我貞一、神田仁太郎？我沒聽過這些名字。」

這時，男子快速地不知道說了些什麼，好像是外文，不知道對話的內容。不過，大竹女士滿面笑容地回答：

「知道了。原來是曾我和神田啊。」

說著，接下來他突然緊蹙眉頭，說：

「我的胸口好痛。」

「那是因為……」

自稱曾我貞一的男子似乎欲言又止。

「因為老師還持續著臨終時的痛苦。請您清醒吧。」

大竹女士以男性化的嚴厲神色大叫：

「你說什麼臨終？別說傻話了，你對著我這個活人說臨終，究竟是什麼意思？」

「老師早在很久以前，就已經前往死亡世界了。您已經在三年前過世了。」

「我死了？死人會看著你的臉，像這樣跟你說個不停嗎？哈哈哈。」

女士仍然閉著眼睛，身子往後仰，仰頭大笑。一旁的老人嚇了一跳，連忙從後方扶住女士的身體。

「不是的，老師您已經過世了。我們今天特地來告訴您這件事，希望您遵從天命。老師還沒發現自己已經死了嗎？」

「聽你這麼一說，我也是覺得不太合理……」

女士稍微歪著頭，似乎在思考些什麼。

「宗老師，請您試著觸摸自己的身體。」

女士兩手抱胸，撫摸著胸口一帶。

「懂了嗎？老師，您的胸口有乳房吧？」

「哦哦，這太奇怪了。」

女士隔著和服，緊緊握住自己的乳房，覺得難以理解。

「老師繫著寬版的腰帶。有著圓滾滾的腰部、柔軟的膝蓋，還有老師您的頭上，有一頭豐厚的黑髮！」

隨著曾我貞一的話，女士也跟著動手，時而害怕地摸摸腰際，壓壓膝蓋，最後舉起雙手，按住濃密的髮髻，這時，他叫了一聲：

「呀！」

女士極度興奮，正想要站起來，鄰座的老人從後面抱住她，阻止她的動作。

「啊，這是女人的身體。是女人的身體。哦哦，我的身體上哪兒去了？把我的身體還來！」

女士沒發現自己的衣襬凌亂，一直叫著「我的身體」。

「老師，您現在能接受了嗎？」

曾我貞一以幾乎讓人憎恨的平靜態度說：

「老師的身體已經死掉了。為了將老師的靈魂迎接到生前的世界，借用靈媒女子的身體。您懂了嗎？」

「什麼？靈媒？你是說，我的靈魂移到靈魂婦女的肉體上嗎？啊啊……」

女士抱著頭，趴倒在原地。不久，下方傳出哭泣的聲音。夾雜怪獸吼叫般奇異聲響的哭聲。

「啊啊，我什麼時候死了！」

也許是太悲傷的緣故，女士似乎無法輕易起身。

「今天就到這裡打住吧……，您意下如何？」

鄰座的老人提醒兩人。

曾我貞一瞄了一旁神田興奮得失去血色的臉孔，請求老人到此為止。

老人再次跪坐在大竹女士面前，唱誦著某種咒語，再摸了兩、三下女士的額頭。

女士又恢復原本女性化的模樣，安靜地坐直。接著，她一臉若無其事地望了在場的成員，似乎有點尷尬地將袒露的前襟拉好。

這時，兩名西裝男子客氣地行禮，便離開了。名為曾我貞一的男子，似乎早就熟門熟路了，從頭到尾一直說個不停，相反地，名為神田仁太郎的年輕男子倒是不發一語，只是興奮得臉色蒼白，帆村不假思索地目送著他們離開，其實，他全身的神經，從視網膜的深處，有如離開機關槍的子彈一般，朝著兩人的方向落下。

帆村從抽屜裡拿出Hope[3]的紙盒，說：

「當時的年輕男子，就是昨天晚上，我們在銀座巷弄碰上的男人。」

「那個叫做神田仁太郎的男人哦？」

說著，我眩目地望著掛在帆村房間裡的布科瓦茨[4]裸體畫，在臨近正午的陽光下，十分耀眼。

「那條死巷有機關。」

「什麼樣的機關？」

「我還不清楚。不過，很快就會知道了。」

「如果他叫做神田仁太郎，只要向小石川那個，叫做什麼的超常現象實驗會打聽，應該就知道了吧？」

「我早就調查過了。」

帆村一臉不高興地說：

「那兩個人的地址都是瞎掰的。」

「那個叫做神田的青年，為什麼會打扮成那副德性，出現在銀座的巷弄裡呢？那是神田自己的問題吧，也許他想轉換心情或是喝醉了（這時我忍不

譯註3 日本的香菸品牌。

譯註4 布科瓦茨（Vlaho Bukovac，一八五五—一九二二），克羅埃西亞畫家。

住偷笑了），應該只是這樣吧？還是說，你的意思是這是某個重大事件的一環嗎？」

「當然是重大事件了。」

帆村立刻回答。

「搞不好是我們完全想像不到的重大事件呢。」

「你怎麼知道？」

也許會對帆村造成困擾，不過我還是坦白發問。

「因為有各種原因。」

帆村好像總算想起來了，抽出一根菸，叼在嘴裡。

「首先是那名怪異青年的臉。我認為那麼特別又相貌堂堂的面孔，非常罕見。要是沒那麼憔悴，那是貴族的長相哦。還有那個超常現象實驗會。完全沒說過一句話的怪異青年，與穩重地說個不停的曾我，似乎有種特殊的關係，再加上那個不可思議的實驗。還有怪異青年在銀座巷弄問我的話，教人聽了不寒而慄。

沒想到眼前竟然會發生這麼恐怖的事。」

「你沒忘記那個讓我聞到之後醒來的氣味吧？」

「嗯，在我的想像之中，它也算是一種背書。」

「保能痔的藥瓶呢？」

「保能痔的藥瓶？它在我眼前就像是一條繩索，只要有這條繩索，就能讓我知道我今天該做什麼。」

「所以你打算做什麼？」

「從明天開始的上午九點到下午一點，你暫時來這間事務所，幫我代班。」

「那你呢？」

帆村並未回答我的問題，而是點燃香菸，看似美味地抽了好幾口。

「你好像很欣賞龍咖啡的女服務生嘛。」

帆村露出壞壞的笑容，取笑著我。

「哦哦，真理子嗎？」

我佯裝毫不知情，說：

「我認為她跟這起事件無關。」

「先別說真理子了。」

帆村突然面有難色地說：

「我今天一起床，就到護城河對面的仁壽大樓屋頂，架了測量儀器，用望遠鏡測量那棟紅磚砌成的龍咖啡。」

「哦哦。」

他的準備實在是太周詳了，把我嚇了一大跳。

「遺憾的是，我只得到昨夜目測的室內面積，再加上磚牆厚度的數值。也就是說，我本來以為有密室，結果我錯了。」

出於讚嘆，我只能沉默地點頭。

「雖然我的希望落空，我卻找到一個很讚的東西。」

「咦？你找到什麼？」

「在龍咖啡與岸邊停泊著許多運泥船的護城河之間，有一座高挑的日式房屋。這戶人家的二樓屋頂，有一處稍微往上隆起的地方。不仔細看的話，並不會發現那個隆起的部分。我在屋頂上，用經緯儀仔細觀察，發現那個隆起的屋頂，在隔壁龍咖啡的磚牆打住了。我的目光立刻沿著磚牆而上，來到龍咖啡的屋頂。我在那裡看到一座大型的、以紅磚砌成的煙囪。對焦在這座煙囪的根基就能發現，它是灰泥的顏色，於是可以得知，只有這座煙囪是最近才蓋好的。這下子可有趣了。我們可以推測，應該是為了蓋那棟兩層樓的建築，才會砌那座煙囪吧。其次，原本應該砌在兩層樓建築的煙囪，為什麼會砌在隔壁呢？還有另一點，我們必須思考，日式風格的兩層樓建築，為什麼需要那座煙囪呢？」

帆村並不是以陶醉的語氣訴說給我聽，很顯然的是，他正在詢問自己的內心。

「所以，怪異青年躲在那一帶嗎？」

「嗯，凡是進去的人，一定要出來才對。沒錯吧？接下來就要比誰的氣長了。」

3

青年漢于仁，今天也在窗邊，倚著椅子，眺望著遠方閃耀的西湖。鈷藍色的天空一片晴朗，萬里無雲。這陣子，每天都是好天氣。

湖的左邊，是彷彿以黛色用力暈染開似的、綿延不斷的蘇堤。再往右手邊，則是清晰隆起的寶石山，應該是保叔塔的影子直指天際。無論何時，這都是美麗動人的西湖景色。

然而，一成不變的景色無法滿足漢于仁。再加上這房間的窗戶，隔著厚厚的牆壁，開在遙遠的那一頭，眼界自然十分狹隘，甚至沒辦法窺探下方。

這房間位於漢于仁的故鄉，浙江省杭州的郊外，立於萬松嶺之上，在垂直高度兩百尺[5]的樓臺之上，而且還是位於最高的地方。由於融合了近代風格，這房間的天花板貼了厚厚的磨砂玻璃，從早到晚陽光都會照射進來，透過玻璃可以看見藍天。

這房間的南方還開了一扇小窗，儘管看不到什麼美好的景致，但讓至少近視的他還能模糊看見錢塘江那熱鬧的河面。

（為什麼我的祖先只肯在這座樓臺的屋頂，開一扇小窗戶呢？）

漢于仁猜想著，距今一千多年前，選擇在這塊土地大興土木的吳王，心裡在想什麼。當時是唐朝崩毀的戰國亂世，敵國的軍隊隨時都會前來攻打吳王。當時，這座稱為鳴弦樓的高塔，可以借助望遠鏡之力，清楚看見四十里外敵方的一舉一動，假使敵軍直逼塔下，射出箭矢，由於這裡被十尺厚的牆壁包覆，還只開了一扇窗，即使對方想要射入一箭，都是不可能的任務。也許這就是祖先的用心吧。

譯註5　一尺約三十公分。

然而，事到如今，這扇小窗除了值得詛咒之外，什麼作用都沒有。

「話說回來，我都已經死了。」

這時，漢于仁重重地嘆了一口氣。

要是帆村偵探見了漢于仁的相貌，不知道會有多驚訝呢。他曾經在鼠坂的超常現象實驗會見過他，不久後又在午夜的銀座巷弄裡，連續問了他好幾個奇特問題，跟那位叫做神田仁太郎的怪異青年長得一模一樣。不過，那是在日本發生的事。這裡是往西相距五百里的中國浙江省，這是無庸置疑的事實。

漢于仁仍然一如往常，複習著自從那不可思議的日子以來發生的事情，回味著每一個大大小小的細節。

當時，他從故鄉杭州流亡，隨著管家孫火庭來到大日本的東京生活。來到日本的時候，他是一名年幼的少年，所以學日文對他來說並不是一件苦差事。他很快就愛上管家孫火庭替他取的名字——神田仁太郎。孫火庭也取了一個像日本人的名字，自稱曾我貞一，甩開了中國人的風貌。

兩個人的生活，盡可能以簡樸為主。孫火庭自稱中國料理的廚師，在各大餐廳工作。這時，他稱漢于仁為自己的外甥，總是帶著他一起行動。

這幾年，兩人買下丸之內護城河附近的龍咖啡，一本正經地過日子。漢于仁已經脫離少年期，成長為出色的青年了。他瀟灑的風采與壯碩的身材，已經展現出他身為貴族後代的本色。不知不覺中，他就學會了流連銀座及新宿的咖啡街。他男人味十足的容貌，再加上豪邁的零用錢，不管走到哪家店，都會引起女服務生的熱烈騷動。

他似乎早把孫火庭的忠告拋在腦後，日日夜夜都沉醉於在東京奔走。甚至他還買了一輛高級跑車，輕輕鬆鬆地考取駕照，隔天起，東京根本不用說了，他還會到橫濱的本牧海岸，甚至是從鎌倉開車遠赴小田原一帶兜風。結果，他在不知不覺間，愛上了競速的滋味。時速四十英哩根本沒被他放在眼裡。更是屢屢遭到警視廳的紅色機車[6]追趕，不過他總是哼哼冷笑幾聲，再以時速六十五英哩，宛如子彈般的速度奔馳，很快地，紅色機車就變成紅豆一般大小了，每一次他都得意洋洋。

那時候，他正好碰上一件有點擔心的事件。管家孫火庭突然下落不明，失蹤了一個星期。要是他離開了，漢于仁將會就此失去浮木。他非常地擔心，設想了各種下場，苦惱了多時，孫火庭又飄然回來了。雖然人是回來了，不過他還帶了兩個中國人。一個叫做王妖順，年紀與孫火庭相仿，另一人一開始就自稱真理子，是一名十七、八歲的少女。他們似乎不打算住在外面，就在龍咖啡住了下來，王妖順每天都會外出，直到深夜才回來。另一方面，名為真理子的少女，則成了龍咖啡的女服務生。

對於漢于仁來說，這些事一點也不重要。他比較煩惱的是，孫火庭突然變得很強勢，任何大小事都要碎唸一番。更出乎意料的是，他帶漢于仁去了好幾次超常現象實驗會。在那裡，漢于仁與好幾個已經死亡的朋友的靈魂對話，逐漸體認到「死後的世界」確實存在。

漢于仁對於「死亡」逐漸感到恐懼。他在超常現象實驗會看到許多的實例，讓他了解人類在死後並不會意識到自己已經死亡。這件事更進一步地讓漢于仁感到害怕。他回顧自己以六十英哩的速度行駛在京濱國道時，好幾次撞到路人，或是撞到貨車，導致自己也身受重傷的往事，他開始不寒而慄。說不定，自己早就已經在過去的某一場事故中喪失性命了。

一旦這股不安在他心裡的角落蔓延開來，很快地，就發展為遮蔽整片天空的暴風雲。異常的興奮使他冒汗，他先按住胸口。接下來，他找到寬版腰帶，再撫摸臀部，觸摸頭髮。如果他的指尖摸到的是大竹女士的身體，屆時，只能說萬事休矣。

不對，不對，靈媒又不是只有大竹女士一個人。也有男的靈媒。也許自己

譯註6　當時在路上取締的機車，車身為紅色。

的靈魂會透過某個靈媒，造訪這娑婆世界吧。一思及此，他就坐立難安。這陣子，他也不太去飆車了，乖巧地窩在房裡，出門便叫孫火庭，問他自己是不是還活著。

如果孫火庭的答案無法滿足他，他就會叫來真理子，讓她摸摸自己的身體。如果還是無法產生自信，他就會像瘋了似地，在深夜的街頭徘徊，見人就提出請求，要他們判斷自己是不是還活著。對於這男子，每個人都又同情又害怕。

遇見帆村偵探，也是在發作的時候。

不過，不久，真正的命運之日終於來臨。

他已經記不太清楚了。也不知道是哪一年哪一月的哪一天。漢于仁突然醒來，發現自己躺在熟悉的床上。那是明亮屋頂下的房間。他環顧四周，發現是五間的正方形房間。室內的陳設則是……。

他大叫：

「哦哦！」

仔細一瞧，每一件物品都是他早期記憶中的擺設。黃綠色的綢緞簾幕，「美人戲球圖」的刺繡掛畫，還有不小心被他弄得缺角的花瓶，全都在他記憶中的位置上，若無其事又一本正經地陳列著。所以這個房間是？

「這是建在我故鄉杭州的鳴弦樓啊。這不是我小時候經常逗留的房間嗎？哦哦，那裡還有懷念的小窗戶。窗外可以看見美得如畫一般的西湖。好想看！我想看，我生長的故鄉西湖！」

漢于仁正欲緩慢起身，卻神色大變。手不見了、腳也不見了。不對，全身都不見了。

「哦哦，這是怎麼回事？」

他覺得自己好像瘋了，環顧四周。室內的光景並沒有什麼奇異之處。不對，有地方不對勁。不對勁。他的腳長長地躺在床上。也有身體。哦哦，這不是他的手嗎？

他再次試著起身。

不過，驚人的是，他明明看得到自己的手跟腳，當他想要移動的時候，感覺他的手腳又突然消失了。換句話說，感覺像是全身失去了知覺，不對，似乎不太一樣。

待他回神，這才發現有人站在他的枕邊。仔細一看，可不只一個人，而是三個人。

他認得他們的臉。一身中國服的是孫火庭與王妖順。另一位則是穿著滑順水藍色絹絲縫製的女裝，與她非常相襯的真理子。

漢于仁怒吼：

「到底是怎麼回事？」

孫火庭一如往常地，以溫和的口氣說：

「您終於過世了。」

「說什麼傻話！你們不是看得見我嗎？」

「您還沒發現嗎？」

孫火庭將臉湊近一尺，說：

「您開的車，在京濱國道撞上電線桿，猝死了。您已經進入靈界，現在看到的都是幻影。我們也是您在靈界之中所見的幻影罷了。若是您懷疑的話，請摸摸我的手吧。」

說著，孫火庭執起漢于仁的手。他看到對方輕輕抬起自己的手，撫摸著孫火庭的身體。不過，他完全感受不到孫火庭的存在。漢于仁咬著唇。

「您看到了吧。王妖順與真理子都是您的幻想，未來恐怕無法如您所願地侍候您了。還有，請從那扇小窗戶眺望外面吧，應該可以看見綿延的蘇堤。」

待漢于仁回過神來，不知道什麼時候，他已經倚著窗戶。西湖的風光令他感到十分懷念。就這樣，漢于仁展開他的幻想生活。

他像是想起來似地，吃了飯。不過，他又心想，死人吃飯不是很奇怪嗎？

彷彿有個聲音低聲地說：

「這是幻影。吃飯是長年以來的習慣。這類型的幻影通常不會消失。」

漢于仁自由地享受他的幻影。其中，他最喜歡的便是把真理子叫到身旁，聊一些芝麻小事，最後總會盡情地大開黃腔，不管對真理子做出多過分的事，她都不曾抵抗，完全順從他的願望。這時，漢于仁發現靈界最大的特徵——沒人反抗的生活。

然而，他很快就膩了，他把注意力放在一切事物之上。他最喜歡的就是聲響。即便是非常微弱的聲響，他也不會錯過，思考聲響的來源，成了他的樂趣。也不知道是怎麼回事，他對隨著樓臺震動發出的聲響，特別感興趣。一個不小心，他還以為那是他曾經在東京時代聽過的汽車喇叭聲，又或是護城河外疏浚船放下沉重鏈條的聲音。不過，事後他才回過神來，伴隨著苦笑，這裡可是杭州的偏僻鄉下，根本不可能有一圓計程車的喇叭聲。

不久，他開始練習慢慢地活動那完全失去知覺、宛如別人手腳的四肢。再加上他的視力輔助，逐漸能正確地活動了。這件事為他帶來莫大的喜悅。

若是能維持這個狀況，身體活動自如的話，首要任務便是打破天花板的玻璃，從那個洞爬到屋頂。接著他又想像欣賞這一帶的開闊風景時的景象，不知道會有多麼開心，他開始雀躍不已。

然而，有一天，漢于仁碰上麻煩事了。因為他突然想起，自己生前曾經罹患痔瘡。他醒來的時候，發現床單上、地板上沾著讓人不愉快的點狀血跡。

他嚇了一跳，喚來真理子的幻影，請她幫忙擦拭自己的患部。據她表示，痔瘡似乎已經非常嚴重了。

如果只是這樣，漢于仁還能忍耐。他已多次命令真理子清潔痔瘡，過去真理子從來不曾對他魯莽的行為露出厭惡的表情，但他卻發現這幾次她在清潔痔瘡患部時，總是緊鎖著眉頭，這件事不得不讓他視痔瘡為重大問題。

漢于仁終於下定決心，叫來管家孫火庭，表示想要治療痔瘡。

孫火庭露出非常困擾的表情，還是說：

「畢竟這裡是偏遠的鄉下，我必須去杭州找醫生，請您等上三天吧。」

「無論如何都要盡快！」

漢于仁鞭撻著管家。

三天之後。

孫火庭笑咪咪地進入房裡，報告他把治療痔瘡的醫生帶來了，隨後就板起一張臉補充：

「醫生不會說話，耳朵也聽不見，請您不要向他搭話。」

這時，王妖順帶了一個不可思議的男人進來。他穿著已經褪色的舊款醫師長袍，嘴巴總是不知道在嘟囔些什麼，偶爾會發出啾一聲，吐出漆黑的口水。他大概是喜歡口嚼菸[7]的男人吧。他打開霉味濃厚的包包，取出泛著寒光的手術道具。王妖順與孫火庭脫掉漢于仁的衣服。

（要是真理子在就好了，真理子上哪兒去了呢？）

今天根本沒見到真理子，讓漢于仁起了疑心。

孫火庭與王妖順壓住漢于仁的雙腳之後，那個狂嚼口嚼菸的醫生，一個人手忙腳亂的，一下子找手術刀，一會兒又捲紗布。

漢于仁覺得很無聊，一直盯著醫生的臉瞧。特別是死盯著他那張動個不停的嘴巴。

（太奇怪了。）

漢于仁在心底低喃。在床鋪下方捲紗布的醫生，似乎想告訴他某件事，眼睛動了一下。壓住漢于仁雙腳的孫火庭與王妖順，他們的視線完全看不到這個位置。

奇怪的醫生先給他一個警告的眼神，然後顫抖般地動著雙唇。

漢于仁一直盯著他的嘴唇看，

（啊！）

他心中一驚。因為這名奇怪的醫生，嘴唇佯裝在嚼菸，卻用雙唇的動作在打摩斯電碼。

譯註7　一種供口嚼的菸草產品，咀嚼時會釋出香味及尼古丁。

「ㄕㄡˇ ㄕㄨˋ ㄏㄡˋ ㄋㄚˊ ㄉㄧㄠˋ ㄕㄚ ㄅㄨˋ ㄉㄨˊ ㄒㄧㄣˋ」

「手術後，拿掉紗布，讀信。」

對方一直重複發送這段訊息。

末了，聾啞醫生貼上大塊的紗布，用透氣膠帶固定四周，最終不發一語，離開房間。孫火庭與王妖順為了送醫生離開，也走出房間。

對漢于仁來說，這是最好的時機。

他伸長了手，抓住紗布。要是他晚一點才開始練習運動雙手，也許他只能飲恨錯過這個機會吧。

紗布之中，果真有一張折得很小的紙片。他手嘴並用，費盡了力氣，終於成功展開那封信。漢于仁在這封信上，看見足以讓他腦髓麻痺的內容。

「今夜，請趁著電燈熄滅的時機，打破天花板的玻璃，逃出來吧。」

漢于仁反覆讀了三次，隨後將紙張揉成一團，塞進自己嘴裡。

有人要他逃走。對方來路不明。說不定這也是他在「死後世界」的幻影吧。

如果他還活著，必須思考輕率行動造成的後果。不過，反正他都已經死了，不會再死一遍吧。反正自己困在無聊之中。那就乾脆豁出去吧……漢于仁下定了決心。

不過，現在還是白天。眺望西湖的方向，湖面仍然波光粼粼。強烈的陽光，透過屋頂的天花板，灑滿整間房間。要逃走的話，距離夜裡還有一段時間。

漢于仁思量著，倚在窗邊，抬頭仰望，考慮要從哪裡打破玻璃天花板。

就在這一刻。

沒想到就是現在。

所謂的天崩地裂，指的就是這樣嗎？

奇跡！就是如此嗎？

難以置信！難以置信！

「啊！」

漢于仁抬頭仰望的玻璃天花板突然一片漆黑。那片飽受陽光照射的玻璃天花板，竟然瞬間失去光芒！

過於驚懼導致漢于仁的毛髮宛如刺蝟一般，全都豎了起來。

「竟然！」

他回頭想看窗外，那裡一樣是一片黑暗，那片如畫般美麗的西湖景致，早已消失得無影無蹤。

整間房間一片漆黑。漢于仁本以為自己在瞬間失去了視力。亦或是陽光突然消滅了，世界回歸於黑暗之中。

「咚咚咚……」

他聽見聲響。

漢于仁恍然大悟。

「原來所謂今夜電燈熄滅的時機，指的就是這回事。而且，這件事本身就錯得很離譜！」

他用手上的鎳紙鎮，用力朝向印象中的天花板方向扔出去。

接著傳出啪啦啪啦的玻璃天花板碎裂聲。

這時，天色突然變亮了。

第二個奇蹟！太陽再次將燦爛的光線灑在玻璃天花板上。

「可恨！竟然用這種機關騙人！」

漢于仁從毀壞的天花板之間仰望天空，那裡有另一層用來取代藍天的天花板，在兩片天花板之間，可以看見幾盞燭光非常強的燈泡。啊啊，漢于仁不知道花了多少日子，憧憬著這虛偽至極的人工太陽。

他點點頭，迅速衝到可以遠望西湖的窗邊，用力拋出沉甸甸的花瓶。喀嗒一聲後，西湖的天空也一分為二，倒了下來。暴露出這全都是利用漢于仁近視所製作的全影照片。

他發現外面似乎有許多人在大叫。

不過，也不曉得怎麼回事，孫火庭跟王妖順還有真理子都沒有進來。漢于仁一隻手握住椰頭，輕輕躍上床鋪，「嘿」地叫了一聲，便跳到天花板上。他感到全身充滿了精力。

他用手上的榔頭將天花板敲個粉碎。接著趁勢一直往上走。牆壁的土逐漸剝落，屋瓦也喀啦喀啦地掉下來，緊接而來的是夜間冰冷徹骨的空氣。漢于仁一翻身，跳出那個洞口。

「哦哦，這是……」

這景象肯定是他熟悉的銀座巷弄的死巷子。他站著的地方，正是龍咖啡與護城河之間的日式二層樓建築的屋頂。他用榔頭打穿的，是中途從煙囪穿出來的換氣孔。那是為了讓漢于仁誤以為自己身在杭州，在二樓建築裡，他的密閉室之中換氣的裝置。

然而，這裡依然是夜裡的銀座巷弄。

屋子四周聚集了好幾千人，宛如波浪一般，大聲嚷嚷地向四處移動。偶爾還會傳來低沉的咻咻聲，不知道哪裡來的子彈掠過耳邊飛逝。

「哦哦，你在這裡啊，漢于仁先生。」

這時，漢于仁背後突然有人向他搭話。他吃驚地回頭，儘管還不習慣夜裡的光線，但是他仍然能看出那是一個人影。是那個奇怪的醫生。

「這到底是這麼回事？你又是誰？」

漢于仁的聲音，有如火焰。

奇怪的醫生以鏗鏘有力的聲音說：

「您的故鄉正在期待漢于仁先生回歸。」

「什麼！」

「請您盡快回國吧。不過，這裡如您所見，情況已經惡化到了極點。唯一的逃生路線，就是穿越護城河，前往山下橋。」

奇怪的醫生將一個小包裹塞進漢于仁的手中。漢于仁沉默不語，用力地回握了他的手，接著便在屋頂上奔跑，很快便縱身一躍。那位奇怪的醫生聽見水聲巨響後，在黑暗中咧嘴一笑。

我對一隻手以三角巾固定，看來似乎頗為疼痛的帆村說：

「昨天夜裡的事件，好像暫時不能報導耶。」

帆村賊笑著：

「因為沒那麼嚴重嘛。」

「這裡可是一場大騷動呢。」

「想不到你竟然能憑著一個保能痔的瓶子，做出這麼機靈的反應。」

「要是你沒撿到那個瓶子，現在還不知道事件會發展成什麼樣子呢。」

帆村重重地嘆了一口氣，把目光移到已經脫下來的中國醫師袍上。

「在孫火庭找上門之前，我可是急得像熱鍋上的螞蟻。」

「那個詭異的報紙廣告派上用場了吧？」

「呵呵。」

帆村好像想起什麼似地笑了。露出他久違的笑容。

「漢漢于仁順利逃走了嗎？」

「應該不要緊吧。」

帆村看來並不怎麼擔心。

「儘管如此，孫火庭為什麼要背叛漢漢于仁呢？」

「因為他被迫掌握巨資與名聲啊。」

他像是招供一般地說：

「某個好不容易才撐住中國，使它免於毀滅的重要人物，收買了孫火庭。王妖順則是重要人物的同黨。如果漢于仁得知當今時局已經如此迫切，他將會即刻回到故鄉，在揚子江及錢塘口的下流一帶聚眾，復興一千年前的吳國吧。這時，中國的心臟就掌握在漢于仁的手裡。因此，不能讓漢于仁得知當今的時局如此迫切。話又說回來，要是奪走他的性命，又會惹火那些擁有巨資的大人物，有害無益。因此，他們才會偷偷把漢于仁囚禁起來。要是用普通的方法，無法免除漢于仁的疑慮，所以才會準備那麼麻煩的道具，讓這名青年的知覺麻痺，上演這場戲。若不是中國人，可是沒辦法這麼面面俱到。」

「那麼，真理子這個女人，扮演的又是什麼樣的角色呢？」

「她只不過是個想賺點小錢的女人罷了。她當然不是中國人，國籍跟我們一樣哦。通常，在一起事件中，只要有一名年輕女子，她就會立刻化身為女主角，不過，在這次的事件中，她只是一個無名配角而已。憑著這一點，再加上這次沒發生殺人事件，成了這次事件中的兩個特異性，硬把它們湊在一起，就成了謎團吧。哈哈哈。」

東京要塞

那座忠魂塔即將建在東京市。因此，市府官員找遍了各大公園做爲預定地，最後決定建於S公園裡。他們緊急打造一座御影石的底座。

在東京市內，只要一聊到這座忠魂塔，人們就會打開話匣子，熱烈討論。

非常警戒

幾乎要凍結一切的山風[1]在馬路上發出「咻」的低吟聲，流逝而過。夜色十分深沉。可以聽見遠方傳來中華麵攤的笛聲。

這時，從築地本願寺後方到明石町，正好拉起非常嚴密的封鎖線。

可是，只有兩位警官穿著制服，剩下的全都是便衣刑警，大約十四、五人。他們躲在夜深人靜的屋簷下，或是忘記上鎖的院子裡，將注意力集中於護城河畔的馬路上。

接下來到底會發生什麼事呢？

「喂，來囉。」

「來了嗎？有沒有路人？」

「啊，對面屋頂上下揮舞著綠燈。幸好現在沒有路人。」

「嗯，很順利嘛。」

警官們的神情十分緊張。

要來的到底是何方神聖呢？

本願寺後方，護城河畔的馬路上，突然闖進一名步履蹣跚的醉漢。

「耶，好爽啊。什、什麼煩惱都沒有啦。這就叫做天下太平吧。」

醉漢說著不著邊際的自言自語，接著哼起某段旋律。

這時，他身後又有一名男子，同樣闖進這條巷子裡。

前面那個步履蹣跚的醉漢，披著整齊清潔的和服外套，看來時髦瀟灑，後面跟上的男子，則隨意套著皺巴巴的工作服，一副窮酸樣。

由於馬路非常狹窄，穿著工作服的男子很快就逼近踉蹌的醉漢。

「啊，你、你幹嘛……」

醉漢發出驚訝的聲音，工作服男子用力揪住醉漢的衣領，奮力甩到馬路上。

「嗚嗚……」

譯註1　指越過山區的下沉氣流，冬季來自西北方的乾燥空氣。

醉漢正要起身，工作服男子則跨坐在他的背上，拿出棒狀的物體對他猛敲一通。

等到他失去意識後，工作服男子拖著他的腳，將他拉到護城河畔，用腳猛力將他踹進河裡。

「嘩啦……」

巨大的水聲劃破了黑暗的寂靜。

真是粗暴的行為。

可是，警官小隊卻像森林一般，寂靜無聲。他們好像完全沒看見有人在施暴。

這真是讓人萬分疑惑的光景。

施暴的工作服男子站在護城河畔，一直盯著水面瞧。五秒、十秒、二十秒……。

這時，他像是想到什麼似地，將手裡的鋁製便當盒用力扔到地上，隨著「咖噹」一聲，他也「嘩啦」一聲跳進河裡。

「喂，你醒醒。」

他用一隻手抱起要死不活的醉漢，儼然化身為他的救命恩人，救起醉漢，動作遲緩地從河裡爬上來。兩個人都成了滿身汙泥的落湯雞。

「喂，你醒醒。你怎麼啦？還好傷勢不嚴重。我現在就送你去醫院哦。」

工作服男子還一直關心對方的傷勢。

先把對方扔進河裡，接著自己也變成落湯雞，跳進河裡，真是太周到了。

最奇怪的是警官小隊的態度。又不是在參觀別人拍電影，眼見這場暴行發生，竟然置若罔聞。

這時，正好有一輛沒人搭乘的一圓計程車[2]，放慢了速度駛進這條小巷。

工作服男子舉手大叫：

譯註2　大正末期到昭和初期，只要支付一圓即可搭乘的計程車。

「喂！運將，可以幫個忙嗎？」

「哦哦，怎麼啦？怎麼啦？」

「這裡有個醉漢掉進河裡了，差點淹死啦。他好像受傷了，可以幫忙送他到附近的醫院嗎？」

「好，包在我身上。」

一圓計程車吸進兩隻落湯雞，就這樣奔向明石町的方向。

這時，躲在屋簷下的警官小隊陸續走出來。

「哦，大家辛苦啦。回到警察署，喝點熱的吧。」

「躲太久了，都快感冒啦。哈啾。」

警官小隊陸陸續續地離開了。這是一段非常奇妙的築地夜間故事。

機密工程

「我們家阿吉受到您的照顧了……」

一名面色鐵青，年約五十歲上下，看似工頭的男子，突然衝進辛普森醫院的櫃檯。

豐腴的護士以近乎厭惡的冷靜態度問：

「請問您是哪位？」

「呃。」

五十歲男子被她的氣勢壓倒，

「我是負責土木工程的包工熊谷五郎造。我們家的年輕人阿吉……，對了，他的本名是原口吉治，我聽說他受傷了，被人搭救，在這邊接受治療……」

於是護士輕輕點點頭，說：

「請跟我過來。」

原口吉治躺在床上不停呻吟。

聽到老闆的聲音，他嚇得暫時停止呻吟，過了一會兒，還是忍不住疼痛，又叫得更厲害了。

「阿吉，你怎麼啦？我不是跟你說過很多次了嗎？喝了酒別在外面閒晃啊。想喝就在我家喝嘛，這樣就不會出差錯了，已經跟你說過那麼多次，這下夠你受的了。」

工頭五郎造也不知道是來探病的、還是來罵人的。

「老爹，他的傷勢很嚴重呢。要不是我正好經過，可能都沒命了。別再唸他了，好可憐啊。」

說話的是坐在角落、留著滿臉鬍鬚的男子。他疊穿兩件好像是跟醫院借來的白色法蘭絨病人服。

「哦哦，是你通知我的嗎？還救了阿吉，這次真的給你添了很多麻煩，真不好意思。」

「沒什麼，小事一樁。」

「之後我再找機會向你致謝。」

「您就別費心了。」

這位男子的話裡，沒有半點虛偽。自己把人扔出去，又自己把人救起來，憑什麼接受人家的謝禮呢。

五郎造在病人的枕邊，露出非常煩惱的表情。那似乎不是出於對病人傷勢的擔心。

「……唉，真拿你沒辦法。這下可沒輒啦。明天早上……要出大事啦。」

五郎造自顧自地嘟囔著，看來很生氣。吉治的傷勢，似乎讓他面臨什麼大麻煩。

佯裝救命恩人的鬍子男，原本濕答答的工作服已經半乾了，於是他換回原來的衣服，似乎打算告辭了。

「哦，你要回去啦？對了，可以給我一張名片嗎？我非得向你道謝不可。」

於是工作服男子笑著說：

「不用道謝啦。再說，我也沒有名片那種東西呢。我住在月島二丁目，叫做正木正太，是一個水泥工。」

「咦？你是水泥工啊。你最近有從事什麼水泥工程嗎？」

「是的，我還算懂一點，不過都是雕蟲小技啦。最近沒有工作，每天都遊手好閒地晃來晃去呢。」

「這樣啊。既然如此，我想跟正太先生商量一件事呢。沒什麼啦，出於你救了我家年輕人的恩情，我想跟你分享一個發財的機會。不瞞你說呢，那個，跟我過來一下。」

五郎造將正木正太帶到醫院的走廊。現在是深夜時分，沒有其他探病的訪客，附近有如湖水深底一般，寂靜無聲。

「這件事千萬不能洩漏出去。我特別信任你，才偷偷跟你說……」

五郎造老爹表示，目前正從事一件機密的土木工程，問他要不要加入，由於工作人員都經過嚴格挑選，要是少了一個，對方勢必會大吵大鬧。由於今晚吉治受傷了，明天早上就缺了一個水泥工。因此，工頭正在煩惱對方不知道會怎麼抱怨，他實在是很擔心，便一五一十地全都說了，在這麼冷的天氣裡，他仍然滿頭大汗，用手帕擦汗擦個不停。

「幸好你是水泥工，太好了。我想這也是一個緣分，要不要試試看？」

「可是，我總覺得怪怪的呢。機密工程什麼的。」

「沒什麼啦，別想那麼多，我們做的是普通的工程。只是去的時候跟回來的時候，都要矇上眼睛而已。一天工資是七圓哦。是一般行情的兩倍耶。」

「可是，就算吉治先生受傷沒辦法去，換了我這個新面孔，對方也不會讓我進去吧？」

「唔，這件事嘛……」

五郎造有點痛苦地、滴溜溜地轉著眼珠，

「不管了，你可是救命恩人嘛，為了取得對方的信任，我會說你是我的親戚之類的。畢竟要是工匠的人數不夠，已經訂好的工程就沒辦法如期完成了，我會被大罵一頓，還要被罰一筆鉅款。所以呢，只要你肯來，就是吉治跟我兩個人的救命恩人了。欸，可以吧。請你答應吧。」

自稱正木正太的工作服男子，好不容易才同意接受五郎造的推薦。離開辛普森醫院的時候，他仰望寒夜的星空，也不知道在跟誰說話，自言自語地說了以下的囈語。

「真是老掉牙的劇碼。不過，人家說愈古老的東西用起來愈放心，這話說得一點也不錯。」

忠魂塔

在當時遠東地區的國際情勢上，一場非比尋常的陰謀正蠢蠢欲動。大戰在中國持續延燒，幾個大國為了可能被捲入戰爭的危機，紛紛整頓武力軍備，早已做好準備，隨時可以向戰火的中心突擊。

因此，位於我們東京的各國大使也非常活躍，借用某位博學老人的話，歐洲大戰[3]之時，曾在倫敦上演的各種外交戰榮景，都遠比不上目前的狀況。

其中，最吸引國民關注的，就屬以老奸巨猾的外交手段聞名的某大國了。

日中戰爭爆發不久後，這個大國的動向就已成為國民注目的焦點，當時，該國對中國積極表示同情。然而，隨著我們日軍在各地創下輝煌的戰績後，該國得知在遠東一帶，沒有日本的同意，便無法任意妄為，於是該國的態度為之一變，姑且不論他們的真正意圖，至少表面上收斂起對中國的同情，一股勁兒地討好日本。簡直就像已經長出細紋的老女人對你拚命送秋波，反而讓人覺得不舒服。

那一年，秋冬交替的十一月之際，那個某大國在日本國民面前，發表一段驚人的新聞，他們即將致贈一份大禮。過去歐洲大戰時，該國曾為了遠赴歐洲參戰卻不幸陣亡的義勇兵們建立一座忠魂塔，如今，他們打算製作另一個形狀、大小相同的紀念塔，致贈給我國。

坦白說，對於某大國的好意，我國國民全都大吃一驚。那個一找到機會就趁

譯註3 指第一次世界大戰。

機佔日本便宜的可恨某大國，竟然會毫無來由地送上一份這麼有意義的大禮，聞者紛紛大感驚訝。

那座忠魂塔即將建在東京市。因此，市府官員找遍了各大公園做為預定地，最後決定建於S公園裡。他們緊急打造一座御影石的底座。

在東京市內，只要一聊到這座忠魂塔，人們就會打開話匣子，熱烈討論：

「看到那個啊，就想到某大國對日本畢竟也是抱著一些敬意吧。」

「嗯，我平常說太多他們的壞話啦。我看了那座紀念塔的照片，高達五十公尺，非常巨大呢。聽說塔底下最粗的部分，直徑將近兩公尺哦。」

「哦哦，這樣啊。真是了不起的東西呢。那麼大的東西，要怎麼運到日本來呢？」

「不知道耶。我想應該是把塔切幾個小塊，到這裡再接起來吧。原來那個樣子，用船根本沒辦法載，就算上了陸地，火車也載不下，沒辦法送到市區啊。」

到處都能聽見人們上述的對話，不久，又傳來讓國民更驚愕的消息。

新聞發布某大國特地派出重型巡洋艦載運那座忠魂紀念塔，巡航到日本。

某大國的駐日大使帕特，在接見記者採訪團時，喜孜孜地說：

「我國政府為了藉著這次難得的機會，向親愛的日本國民表達敬意，特地派出重型巡洋艦馬爾號運送紀念塔。」

國民們看了這篇報導後，更加感激某大國的深厚情意了。

不過，部分有志識者卻蹙起眉頭。

「太奇怪了吧。某大國最近為什麼突然想要博得日本的好感呢？打造全新的忠魂紀念塔並致贈我國，已經是一項艱難的任務了，竟然還專程派遣去年剛落成的精銳馬爾號運送過來，是不是太小題大作了呢？」

「也許是因為時局的關係，想要順便測試新建的馬爾號的性能吧。」

「如果是這樣，也不需要特地跑到遠東地區嘛。他們的目的該不會是為了測量日本近海吧？」

「這種事哪裡需要出動馬爾號呢？叫中國艦隊代勞就行啦。」

「不知道他們在想什麼。總之，我知道馬爾號的遠東航行不是一件值得高興的事。」

遣日艦馬爾號

遣日艦馬爾號於十一月一日，平安抵達芝浦碼頭。

近十萬名東京市民湧入碼頭迎接與參觀，兩百位馬爾號的陸戰隊員將那座紀念塔裝載於原本載運自走砲的拖車上，肅穆地在市內遊行。

仔細一看，忠魂紀念塔並非原本長長的模樣，而是截斷成七個部分，每一個部分都出動兩臺拖車一前一後搬運。

派遣部隊的漫長列隊，發出巨大的聲響，行駛在市區的大馬路上，經過忠魂紀念塔即將座落的S公園前方，不久終於進入某大國的大使館內。

根據公開發表的內容，這座四分五裂的紀念塔，將在大使館內拆封，充分檢查有無裂痕及損傷後，預計於三天後隆重地搬進S公園，並舉辦一場盛大的儀式。

前一天晚上，帕特大使在東京中央放送局進行全國直播，公開發表忠魂紀念塔抵達的消息——

「……請大家放心。經過我國隨行而來的工廠技師進行嚴密的測試，由七個部分構成的忠魂塔，每個部分都沒有裂痕，證實了它真的非常了不起。在明天的典禮會場，就能與它見面，接下來，就要交給卓越的日本土木建築師，請他們組裝底座了。」

在廣播節目打完招呼後，全國國民更是深表感激。

這座忠魂紀念塔，如今巍然屹立於S公園裡，直奔天際。市民們每天都會聚集在這座新名勝前方，遙想過去曾在歐洲原野流淌赤色血液的日本義勇軍，幾乎快要流下淚水。

如今，一般國民對某大國的態度，已經有別於以往，變得十分溫和，某大國是否真的發自內心，對我們帝國獻上敬愛之意呢？

很可惜，似乎不是那麼一回事。舉例來說，現在正監視著外國間諜團的知名青年偵探帆村莊六，從他幾天前接獲的相關情報，即可迅速得知。

「某大國在南太平洋的防備，在這短短的半年之間，已經擴大到往常的五倍了。飛機、炸彈、燃料、糧食、戰備服裝，已經填滿每一座倉庫，有些甚至扔在緊急搭建的組合屋裡。看來某大國顯然對日本擺出攻擊姿態。可以清楚了解他們正在伺機而動，打算以我國帝都為首，用空襲的方式一舉擊破各個重要據點。這時，最值得注意的便是某大國老奸巨猾的作戰計畫，他們似乎打算在開戰的最初戰，一舉破壞帝都的各大機構。我們想知道某大國的目標到底是哪些地方。一旦能了解這個部分，即可清楚地掌握敵人今後的戰略。這次我們對你寄予厚望，其中之一也是因為此事攸關皇國的興亡。」

聽了這段話，只能認為某大國戴著Q比[4]的假面具，面具之下卻是可怕的青面獠牙。

既然已經清楚判定某大國的戰意，現在必須盡快釐清的則是，某大國接下來將會採取什麼樣的實際攻擊計畫。以東京市來說，某大國的轟炸機到底預計攻擊哪些地點呢？打算把穿甲彈落在哪些位置呢？會帶來多少燒夷彈？扔在哪個地區呢？還有，會用什麼樣的順序、在什麼樣的時機灑下毒氣彈呢？目前必須儘快取得這些情報。

以軍部[5]為首的中央內閣及行政機關，目前自然是傾注全力思考如何防禦這個恐怖的外敵攻擊。然而，如果能得知敵人手中握有哪些武器，在防禦時自然更為方便，也能採取更有效的措施。

帆村莊六想盡辦法打探某大國的機密，廢寢忘食，到處奔走，不過敵人可不會輕易露出馬腳。就連帆村都有點心灰意冷了，這時，謠言罰鍰事件，引起他的注意力。

譯註4　KEWPIE 美乃滋的商標角色。

譯註5　二次大戰前的日軍上層組織，包含陸軍省、海軍省、陸軍參謀本部與海軍軍令部。

那是他在警察署的筆錄發現的事件，事件發生在築地某家公眾澡堂的沖洗間，一名澡堂的客人偷聽到同夥的全裸客人大聲喧嚷的談話內容，後來得意洋洋地向別人說起這件事，於是遭到拘捕。

根據那起謠言，當天夜裡在沖洗間說話的當事人，似乎是一名水泥工。他受到同伴的揶揄，「喂，聽說你最近錢花得很兇啊，是不是在幹什麼壞事啊？」那名男子紅著臉，有點得意地說：「偷偷跟你們說哦，我最近接到一份賺錢的好差事。每天早上都去某個地方，在那裡矇上眼睛，坐上車子，差不多一個半小時的車程，最後被帶到一個奇怪的密室裡。在那裡做整天水泥工，到了傍晚又會矇上眼睛，搭車回到原來的地方。這個工作感覺不是很正常，可是一天可以賺七圓，所以忍著點，認命做啊。」

比起男子賺錢的事，他的同伴對矇著眼帶到某個地方的離奇事件更感興趣，問他：「嘿嘿，所以你在那裡做什麼工程啊？」男子則說：「我也搞不太清楚，總之，那是一個約三百坪大小，非常寬敞，天花板也很高，很像工廠的建築物，在地板塗上有點像灰泥的東西，不過那個灰泥有點奇怪，很難抹平。所以工作的進度不如預期，只塗了一半左右。」

於是朋友便問，那座三百坪大小、挑高的神祕工廠，到底在哪裡呢？從窗戶看得到外面的情況嗎？聽得見附近的聲音嗎？能不能分辨是江東一帶，還是大森一帶呢？結果男子猛力搖頭，回答：

「沒有，根本不知道，現在待的那個類似工廠的建築物，連一扇窗戶都沒有。全部都用牆壁密封起來，只有閃亮的電燈。什麼聲音都傳不進來。安靜得跟深山沒什麼兩樣。」

朋友說：

「那麼，會不會是哪裡的地下室呢？」

「好像也不是。抬頭仰望高高的天花板，可以看見屋頂被鋅板蓋住了，所以我可以斷定，這裡不是地下室，一定是某座地表上的建築物。」

由於遭到起訴的造謠犯人加了自己豐富的想像，加油添醋地四處宣傳，最後懲處罰鍰五十圓，以上為筆錄的記載。

帆村莊六認為筆錄的內容非常有意思。於是，他擬定一個計畫，付諸行動，故事開頭，在築地本願寺後的護城河上演的那場格鬥戲碼，正是從這起造謠事件發展出來的，被扔進護城河裡而受到重傷的吉治，就是在澡堂向朋友一五一十說出那些話的主角，警官們對這場暴力行為視若無睹，畢竟這是攸關皇國興亡的事件。這名逼不得已讓吉治受傷，名為正木正太的水泥工，正是帆村偵探的化名。

替身偵探

化名為水泥工正太的帆村偵探，順利地接下吉治的工作。

第二天早上，他遵照工頭五郎造的提醒，在凌晨六點以前，已經架勢十足地站在一行人集合的地點——南千住的終點。他看似十分寶貝地握著水泥工的道具與便當盒。

工頭五郎造最後才到場。這時，在南千住集合的六人組全員到齊了。五郎造並不知道化名正太的人，真面目乃是帆村偵探，他向眾人引薦這是新來的水泥工，他是老婆的表弟，要大家跟他好好相處。

對於接下來的發展，帆村偵探悄悄閃爍著好奇的眼光，莫約十分鐘後，

「哦，來了來了。」

其中一名同伴望向某個方向，那裡走來一位步履蹣跚的老婆婆，一臉憤怒地走了過來。

老婆婆氣勢十足地說：

「……喂，工頭，怎麼沒看到吉治啊？」

「呃，關於這件事啊。老實說……」

於是，工頭湊到老婆婆的耳邊，似乎非說明不可，表示吉治因為意外受傷住院了，所以找來老婆的表弟——正木正太來代替他，他可以拍胸脯保證這個人沒有問題。

「哦，沒問題嗎？不會出差錯吧？」

老婆婆以銳利的眼神瞪著五郎造與帆村偵探。

帆村搔搔頭，向她點頭致意。佯裝成工人的模樣。

他總算贏得老婆婆的信任，一行人這才出發。不久，他們來到一條雜亂的小巷子，那裡有一間組合屋，那是老婆婆的家。走進屋子裡，從玄關泥土地往裡面走就能穿出房子。那裡有另一道小門，老婆婆把它打開。

走進小門後，來到一座充滿霉味、黑漆漆的倉庫。他心想，這下被帶到奇怪的地方來啦，不久，眼睛逐漸適應黑暗。他這才發現，在這座非常寬敞的倉庫裡，停著一輛用來載運牛奶的那種廂型貨車。

這時，不知道從哪兒冒出來的人，坐上駕駛座。另一個人則點亮五燭光的電燈。那個人拿著奇怪形狀的頭套，將它逐一套在五郎造率領的一行人的頭上。

終於輪到帆村被套上頭套了。那是個以教人難以喘息的厚實布料製成的袋子，在脖子的部位用皮帶勒住後，還慎重地咖嚓一聲上了鎖。這樣一來，不管用什麼方法都無法脫掉頭套了。

頭套戴好之後，有人牽著帆村他們的手，將他們帶進廂型貨車裡。車門啪地一聲關上，再從裡面上鎖。感覺起來好像有一個僱主那邊的警衛也跟他們一起搭上車。沒有人開口說話。

不久，他聽見倉庫大門開啟的嘰嘰聲，同時，貨車也慢慢開動了。這下子終於要啟程，來一趟祕密地點的旅行了。

隨著車子的晃動，帆村拚了命地想要記下貨車的行進路線。右轉或左轉的時候，慣性將會把身體壓向某個方向，因此能得知轉彎的路線。在狹窄的路上，車子會不停晃動，到了寬廣的路上，車子則會輕快地滑行。不過，司機似乎是個非常小心謹慎的人，過了一陣子，車速幾乎保持一定，甚至也沒遇到轉彎了，他們也不曾在十字路口短暫停留。感覺似乎是一直沿著通往郊外的單行道前進，不過，他又聽見幾輛消防車的鳴笛聲行駛在熱鬧的街頭，所以他認為這邊仍然是東京市內。

後來，貨車又搖搖晃晃地開了將近一個小時，最後感覺好像開往下坡，不久，貨車終於停下來了。

這下子，長達一個半小時的旅行結束了。這裡是哪裡呢？帆村完全摸不著頭緒。剛開始還記得路線，走到半路就完全沒印象了。

一行人安靜地走出貨車。手牽著手走過長長的走廊，不久，他聽見開門的聲音，一行人又被引導進門裡。這時，跟他們一起來的警衛這才咖嚓咖嚓地幫他們打開頭套的鎖。帆村粗魯地脫下頭套，深深吸了一口氣，同時環視周遭。

（原來如此，就是這裡。那份筆錄所寫的，三百坪，天花板挑高的工廠，指的就是這裡吧。）

如他所言，連一扇窗戶都沒有。燈火明亮，宛如白天，不過待在這裡的時候，根本分不清白晝或黑夜。

五郎造叫他帶來的五名水泥工集合，各自分配今天的工作。接下來，他們立刻動工。

帆村的工作內容，是跟著一名叫做阿米的水泥工，一起在地板塗抹特殊的灰泥。

他不經意地窺探四周，在這個房間裡，除了他們一行六個人之外，還有一名帶他們來到這裡，身材壯碩，滿臉鬍鬚的警衛，另外還有三個應該是這座工廠的人，他們穿著工作褲，一直監視著他們的工作情況。

五郎造稱這三名男子為松總監、竹總監與梅總監，那當然是這裡的暱稱吧。這裡可是帆村的重大戰場。在這個空盪盪的鋅板屋頂建築物，看似工廠又看似倉庫，為了揭發這裡隱藏的重大祕密，這裡可是他必須傾注所有智慧的大戰場。不過，從這座簡單的建築物裡，他究竟能得到多少線索呢？灰泥鋪了一半的地板、巧克力色的牆壁、鋅板的屋頂、簡單的鐵支架、電燈，這裡只有這些東西。究竟他能否如願從這個地方嗅出他想要的重大祕密呢？

氣味的研究

帆村偵探跟著阿米，不發一語，有模有樣地舞動水泥抹刀。

他是個靈巧的人，平常有空的時候，都會學習各種工作技巧，為了類似這樣的意外情況，進行各種訓練，讓他可以立刻假扮成各種工匠。

如今，帆村腳踩的地方，是非常厚實的水泥地板。他們要在地板上塗上莫約兩公分厚的灰泥。

灰泥跟他之前聽過的一樣，與一般的灰泥不同。通常都會使用石灰或紅土，但這裡卻沒有使用海草製成的膠水，而是使用某種奇妙的黏稠物體，除此之外，還混入兩、三種化學藥劑。要將它攪拌均勻，就是一件苦差事了，混拌均勻之後，若是沒能快速塗抹，馬上就會凝固。於是形成凹凸不平的表面、龜裂或是出現紋路。這時，松竹梅三位總監就會過來，命令他重抹一遍。真是一份辛苦的工作。

這種特殊的灰泥，到底有什麼特徵呢？

帆村發現的特徵如下：第一，非常快乾；第二，凝固之後就像鋼鐵，彈力非常強；第三，似乎非常耐熱，是一種非常優秀的灰泥。至少在市面上看不到比它更厲害的灰泥。

在這裡鋪上這麼優秀的灰泥，到底是為了什麼目的呢？如果是一般的機械工廠，根本不需要塗上這種灰泥，靠下面的水泥地就夠了。再講究一點的話，頂多在上面鋪一層薄薄的柏油。儘管如此，這裡卻鋪了非比尋常的強韌灰泥，一定有什麼原因吧。在這片平平坦坦的地面，到底要放置什麼樣的物品呢？帆村勤奮地舞動水泥推刀，心裡一邊尋思，總覺得背上冒起一股寒意。

事後，帆村在某大官面前，報告當天的見聞如下：

「我想盡了辦法，想帶一點灰泥出來，至少要帶到足以進行定性分析的樣本，不過，監視太嚴格了，沒有成功。」

「是不是可以夾在指甲裡，或是沾在頭上，應該有什麼好辦法吧？」

「對方也一清二楚哦。等到工作終於結束的時候，對方強迫我們洗澡。在浴室裡有個女人呢，幫我們從頭頂到腳趾甲都洗得清潔溜溜，指甲也剪得乾乾淨淨，最後還特地拋光。走到外面的時候，衣服全都被換掉了，連內衣褲跟地墊都換掉了。管理非常徹底哦。」

大官似乎發自內心感嘆。

「喂，帆村。這件事沒辦法公開宣揚，不過，你之前去的工作地點，該不會是我們警備用的防空室之類的地方吧？」

「您是指……」

「如果是這樣，你調查的就是我國的機密建築了，這下可吃虧啦。」

「是的。對於您說的這件事，我也抱持相當的疑問。剛開始，我也是這麼想。不過，我至少找到一個證據，證明那座建築物與我國的警備用建築無關。」

「哦哦，真是太好了。那麼，你找的證據是什麼呢？」

大官眼鏡後方的黑眼珠飄了一下。

「證據就是，氣味。」

「呃？什麼氣味？」

「一般人可能不會注意到氣味吧。不過，氣味的研究可是不容小覷哦。據說湊近日本人身邊，會聞到一股醃蘿蔔的味道。也就是說，由於食物的特殊性，日本人的身體會散發獨特的氣味。同為日本人，大家都有相同的氣味，所以感覺不到，不過外國人可是聞得很清楚。」

「哦哦，原來如此。所以你在那座工地聞到什麼特別的氣味了吧？」

「沒錯。我走下廂型卡車，被帶到走廊的時候，馬上就聞到那股獨特的氣味了，在浴室換衣服的時候也聞到了，還有在總監身旁的時候，也能感覺到那股氣味。我敢肯定，那並不是由日本人經營的地方。」

「這可就麻煩了。不過，總監也不是日本人嗎？」

「是中國人哦。我認為浴室裡的女人也是中國人。」

「那麼，那裡是中國人的工廠囉？」

「不對，氣味這種東西，比我們想像中還要複雜。還有那個地方本身的氣味。我想可能是那個巧克力色的塗料造成的吧，我對這個部分的研究還有點自信，我認為那座建築物應該與某大國有關。」

「哦哦，某大國啊？」

大官用力點點頭。

「這是偉大的發現，可惜我們沒能知道地點。」

「倒不是完全不知道地點。明天請派人跟蹤我，追蹤那輛廂型卡車不就行了嗎？」

「原來如此，還有這一招啊。」

大官莞爾一笑。

地震儀

隔天早上。

帆村偵探又提著水泥工道具與便當盒，來到南千住的終點。

由便衣刑警組成的特別小組，從遠方靜靜守候帆村的行動。

到了約好的上午六點。

「奇怪了，怎麼都沒人？」

到了約好的時間，仍然沒看到任何一個昨天的老面孔。就連最重要的工頭五郎造都沒露臉。

「糟啦！」

帆村大叫。已經太遲了。敵人似乎已經察覺了。

這下子只好命令便衣刑警小組，請他們察看停放廂型卡車的倉庫，隨後發現裡面一無所有，只是白費工夫。

他們為什麼會知道帆村的事呢？

打電話到辛普森醫院，詢問病患原口吉治的情況，接電話的護士表示他昨天夜裡就出院了。他驚訝地再問了一次，結果仍然一樣。問是誰來接走的，看來好像是工頭五郎造的樣子。

寶貴的搜查線索就這樣斷了。帆村氣得直跺腳，卻無能為力。

他先向大官報告這起大事件，等候他的指示。

也許病患原口吉治轉往其他醫院了，所以調查了京濱地方[6]一帶，卻一無所獲。辛普森醫院則表示病人的傷勢並不嚴重，其實不需要住院吧。

總之，釣到一半的大魚逃走了。

接下來只能等到夜裡，工頭五郎造回家之後再逮捕他，向他勸說了。只能拷問他了，「你也是日本人吧？應該不會不知道自己受雇於某大國吧？把你知道的工廠祕密一五一十地招出來！」

然而，壞事總是接二連三地發生。因為當天夜裡，五郎造終究沒有回家。同時，當天深夜，他家還收到快遞郵件。信上由五郎造的筆跡寫著：「因為工程的關係，暫時要住在工地，別擔心。」

真是奇怪。不知道對方是從哪裡發現的，總之，對方也察覺了，不肯放工人回家。到了這個地步，我方的搜查也只能陷入絕境了。

「唔唔，失敗啦，失敗啦，一敗塗地啦！」

帆村偵探抱著頭，懊惱不已，一籌莫展。

這麼大的事件，也不能就此撒手不管。不管官員會如何處理，帆村本人日以繼夜地不停研究，希望能再次找出前往那個祕密工地的路線。

莫約一個星期後。

也許是帆村的熱情上達天聽吧，他突然想起一個重要的大事。

當他在那座工地工作的時候，雖然不是裡面傳來的聲音，但工地附近好像在打地基，地面一直不斷地震動著。

他終於發現早已被他遺忘的重大線索。因為打地基的聲音，並不是順暢的咚咚咚聲，而是有點卡住的聲音，像是咚咚咚、咚咚，十分特殊的聲音。也許是齒輪缺了一齒，或是繩子比較緊造成的吧，總之是不規律的聲響。

「這下好辦了。要是早點發現就好了。」

譯註6 指東京到橫濱地區。

帆村跳起來，欣喜若狂。他打算怎麼利用這個「咚咚咚、咚咚」的不規律地鳴聲呢？

他立刻衝出家門，直奔帝國大學的地震學研究室。他與教授見面，拜託他出借隨身攜帶型的地震儀。教授聽了事情的原委，便爽快地出借教室裡所有的地震儀，還附了好幾個助手。

帆村的眼裡閃現睽違多時的光輝。他帶著地震儀，打算找出那個發出「咚咚、咚咚」不規律地鳴聲的地點。首要目標自然是從有某大國相關建築的地區開始找起，儘管如此，在他的心裡，有一個必須優先擺放地震儀的地點。

東京要塞

這時，工頭五郎造終於領悟自己無法逃離的命運了。

剛開始，他只覺得這是一門好賺的生意，沒有多想就接下這件工作，但是，一個多禮拜前，他就發現這件工作的性質可不簡單。倒也不是沒感覺到攸關生命的危險，事到如今，也沒有別的辦法了。如今他們一行六人，簡直就像被關在監獄一樣。

工程已經大致完畢，不太需要水泥工的作業了。儘管如此，不管向哪一位請求，掛著松竹梅牌子的總監們都不允許他們回家。

一行六人每天無所事事，關在一個房間裡，只能吃喝。

有一天，工頭五郎造被單獨叫出去。因為對方叫他帶水泥工的道具過來，於是他認為一定是工作結束了。真難得。他們已經過了四天不用工作的日子了。

工頭五郎造久違地行經長長的走廊，從那扇見過許多次的小門，走進那座工地。然而，這是他一生之中，受到最嚴重驚嚇的一次。

「啊……」

他只叫了一聲，便雙腿發軟、全身無力地坐在灰泥上。

看啊！直到剛才為止還是空盪盪的房間裡，現在怎麼了呢？一門口徑將近五十公分的巨砲，正穩穩地盤踞在他塗好的灰泥之上！這門巨砲的長度比主力戰艦的主砲短多了，不過砲身全長仍然將近五公尺。大砲的砲身，基座的直徑就有一．五公尺左右。是一座又矮又胖的大型攻城砲。

這座攻城砲的作用是什麼呢？他根本沒發現在這座建築物裡，竟然盤踞著巨砲。就算不是五郎造，任誰看了都會嚇到雙腿發軟。

三名士官從巨砲的陰影處現身。

「哦哦……」

五郎造全身直發抖。

他絕對不會認錯，那三名士官正是某大國的海軍士官。因為五郎造曾經在報紙上、新聞報導中、還有S公園的忠魂塔揭幕式當天，看過好幾次某大國將兵的制服。

（我該不會是在作夢吧？）

他懷疑地想，用力捏了捏大腿，好痛。所以這並不是在作夢。

既然不是作夢的話，現場的情況可不是太驚人了嗎？

走在砲架上的士官向松總監招手，下達某個指令。

松總監的態度恭敬，衝到五郎造身邊。

「喂，有件工程要重做。動作快一點。別老是愣在那裡。呆呆站著做什麼呢？算了，吃我這記。」

他猛力以鞋尖踢向五郎造的腰椎。

五郎造實在是太生氣了，搖晃著身子，總算成功站起來。

「喂，總監。雖然我們之前工作都沒說什麼，不過這門大砲是哪一國來的呢？」

他用顫抖不已的手指，指向巨砲。

「幹嘛。事到如今，你問這種事幹嘛？你不是很清楚嗎？這不是日本的大砲哦。」

「哼，所以是哪一國的大砲呢？在屋子裡擺這種祕密砲臺，你們打算做什麼？」

「我怎麼會知道？我跟你一樣，都是被人請來的哦。別管那麼多啦，老闆說什麼就做什麼，這樣肯定不會出錯。」

「哼，我猜的果然沒錯。你也是被人請來的啊。從現在起，我不會再工作啦。在日本國內擺這種危險的東西，我才不會乖乖聽這種卑鄙國家的人使喚呢。」

「隨便啦，你動作快一點，不聽話的話，就要你的小命。你再拖下去，就連我都有生命危險啦。」

松總監一直推著五郎造，不過五郎造已經下定決心，不為所動。

站在砲架上的外國士官見狀之後，便直接走過來。而且用流利的日文說：

「你為什麼不早點動工？不聽話的話，我要發射這座大砲了哦。你知道砲口對準哪裡嗎？只要一發射，就會有大砲飛出去，讓某個重要的政府機關爆炸。如此一來，日本的動員計畫跟作戰計畫，全都會化為泡影，日本就沒辦法戰爭了。你覺得怎麼樣？要我開砲嗎？」

「卑鄙小人。日本才沒有計畫這種卑鄙陰謀的傢伙。」

「……不然我們和平解決吧？目前，我國政府正打算向日本政府提交和平協議。如果日本接受我們的請求，就不需要發射大砲了。你現在亂來，不聽我們的話，我就只能發射大砲了。你要選哪一種？」

碧眼士官抓住五郎造，像在騙小孩一般。不過，在他威脅的話裡，可以發現眼前這座巨砲對準某政府機關，應該是真的吧。在測量學發達的今日，不需要大砲射手看準目標瞄準，也能利用其他方法觀測目標，不用看目標也能瞄準。唉，可是啊，又有誰會知道在鋅板屋頂之下竟然藏著這麼恐怖的攻城砲呢？

不知道有沒有什麼辦法，能通報這個大祕密呢？五郎造早已將自己的生死置之度外。

就在此時。

後方的門嘎啦一聲打開，臉色鐵青的某大國士官，帶著一隊士兵衝進來。

「上校，糟了。現在有九架日本的重型轟炸機組，在上空盤旋。看來他們似乎發現這座攻城堡壘了。」

「什麼？重型轟炸機組在上方盤旋？真的嗎？」

「是真的。您聽見了嗎？這是敵機的轟隆聲……」

「嗯，原來如此。這可不成。東京要塞司令在哪裡呢？我們必須立刻請他指揮。」

說到這裡，尖銳的電話鈴聲頓時響起。

這名人稱上校的士官立刻衝到電話旁，握住聽筒大喊。

「……是的。這邊已經準備好了。隨時都可以發射。呃，您說立刻攻擊是嗎？遵命。我現在就下達指令。」

上校放下聽筒，面向隊員，

「全體注意。……全員就戰鬥位置。準備發射主砲！」

宛如惡魔的巨砲，終於要瞄準我們日本帝國的心臟，開始砲擊了。五郎造怒火攻心。他突然推開士兵，攀爬到砲架上。

「喂，你在幹嘛？」

「砰」地一聲，他身旁的下士，手槍冒出一陣煙霧。五郎造呆若木雞，從砲架上滾下來。

恐怖的瞬間即將逼近⋯⋯

不過，這個故事不需要再繼續下去了。這是因為，下一秒，在這座屋子裡，響起一陣宛如五雷轟頂一般的巨大爆炸聲響。鮮紅的火焰之幕，穿過鉾板屋頂落下來，剎那之間，砲身、士兵與建築物全都隨著「轟」聲及碎裂聲響，被轟到半空中了。

這時，不分遠近的東京市民，全都被這突如其來的空襲聲，嚇得衝到屋外，抬頭仰望陰沉的天空，雄雄捲起好幾十丈[7]的漆黑煙柱，露出困惑的面容。

事到如今，帆村莊六仍然將發現那座僭稱「東京要塞」的某大國祕密砲臺位置，立下大功的地震儀滾紙，放在一個玻璃箱裡，得意洋洋地珍藏著。在黑色的

譯註7　一丈約為三・〇三公尺。

滚紙之上，以白色的線條，描繪出非常美麗的、充滿特徵的「咚咚咚、咚咚」地鳴聲的震動曲線。上面打著說明：

「昭和X年十二月七日，於某大國大使館後方觀測」

他總是得意地向訪客說：

「……每次找到機會，我都會建議一次哦。外國大使館這種東西，至少不能擺在丸之內一帶啊。那座『東京要塞』的巨砲呢，是馬爾號從該國帶過來的哦。用了什麼樣的方法呢？就是藏在忠魂紀念塔裡面，帶進大使館裡的啊。看來某大國也有腦筋好的人呢。」

數字密碼

不管要冒著什麼樣的危險，都要在未來五天之中，找出送到這裡的下個月密碼金鑰。他很清楚，這是一件難度相當高的工作。他從來沒聽說過這種像數學一樣的密碼。顯而易見地，這一定會是艱難的挑戰。

帆村偵探現身

最近，很少聽到我們熟悉的青年偵探帆村莊六活躍的消息，老師到底在忙什麼呢？正當我開始臆測之時，我得知他接到某單位的委託，正忙著處理棘手的事件。最近，他似乎一直窩在自己的事務所。現在某單位的工作也告一段落了，他表示為了休息，甚至暫時中斷了某單位的工作。

老實說，我昨天在某個地方，與許久不見的帆村莊六碰面了。

他那修長的身材，仍然裹在不起眼的西裝之下，總覺得看來好像突然老了好幾歲。一張臉曬得黝黑，過去那張看似腸胃不佳的泛青臉龐，不知道上哪兒去了。他拋棄墨鏡，換上粗框眼鏡，看起來簡直就像老阿伯。當我拿這件事取笑他時，他噘著嘴露出竊笑，

「呵呵呵呵，最近一定要扮成這樣才行。一定要看起來像是在市區或是鄉下都能看到的那種路人大叔，不然就不能完成任務啦。混到那幫人之中，也不能讓他們懷疑我的身分哦。過去那種基於興趣的時髦打扮，會讓大魚全都跑光

光啦。」

對於低俗的服裝，他倒是辯解了一番。

於是，我請求他說一些最近辦理的偵探事件，跟我聊一些特別有趣的故事，不過帆村卻一口回絕了我的要求。

「間諜事件雖然十分有趣，不過，如果我公開我用什麼手法揭露這些事件，會讓我未來想捕捉的重要大魚全都溜光哦。」

他又複述了一遍。

在這些事件中的魚真的這麼活躍敏捷嗎？對於我的問題，帆村莊六表示：

「在這些事件中登場的對手，全都是聰明絕頂的人物。所以，只要我方稍不留心，就會立刻反過來遭到利用。完全不可以大意。而且對方全都拼上了性命，都是一些危險人物呢。再加上對方的人數眾多，組織強大又有力，擁有各方面的能力。面對這樣的對手，我們卻要以小搏大，真的非常辛苦。」

「在這方面，有沒有什麼說出來比較無關緊要的內容呢？」

我立刻誘導他說出來，他點了一根新的菸，

「嗯，跟你說一個故事好了。這是八、九年前，我自導自演的失敗經驗。我想可以提供你做為參考材料，讓你了解難纏對手的思考模式。對我來說，直到現在我都不曾再碰到讓我這麼傷腦筋的事件了。我絞盡腦汁，覺得腦細胞都快要分解啦。……而且，事後回想起來，每次都覺得氣得要死，我就像一個陀螺，一個人轉個不停，愚蠢到了極點，浪費精力的事件。」

說著，帆村似乎覺得非常懊悔，把嘴噘得老高。

「請務必說給我聽。」

語畢，他說：

「嗯，我會告訴你，這起事件的結局實在是太蠢了，不過我剛才也說了，這是我經手的事件中，耗費我最多心力、最痛苦的事件，希望你抱著深刻的同情，跟著一起慢慢思考，安靜聽我說，不然我會覺得很困擾哦。」

我身為聽眾的熱情，久違地雄雄燃燒了起來。

我當然發誓我會洗耳恭聽，想到這一點，我便覺得帆村在這起事件中，應該吃了不少苦頭，才會讓他如此難忘。

以下就是帆村的故事。

祕密客

我想，從那陣子開始的幾年，應該是各種諜報機關在國內活動最頻繁的時期吧。國際關係類的諜報自然不用多說，也有商務類的諜報活動、資訊通訊類、經濟類，在各領域都有不同的間諜活躍著。有時候也會出現窩裡反的情況，相當有趣。

絕對不能讓敵對間諜做的事情有兩項，一是得知我方的祕密，二是把祕密傳回對方的總部。其中，後者屬於通訊，針對這個部分，必須嚴加戒備到滴水不漏的地步。

找出一切的祕密通訊機構，再把它從間諜手上奪走，即可一解燃眉之急。

所幸我國的通訊事業由政府機關獨佔，也受到政府機關的監督，取締相對容易，此外，當祕密通訊機花時間發送摩斯電碼時，政府的監視技術也能立刻把對方找出來，這下子又更方便了。當時，政府也大量舉發或發現許多這類的祕密通訊機構。

帆村莊六在事務所安裝的最新型短波無線電接受器也遭到當局臨檢，不可倖免地一度遭到沒收，不過他當時已經在為某機構工作，這是工作所需的工具，幸而免於遭到沒收的命運。當時，帆村還沒發現短波無線電接受器是多麼珍貴的玩意兒，根據後來聽見的說法，除了帆村這部機器，民間的機器幾乎全都被沒收了。這時候，帆村還不清楚事情的嚴重性。如果有機會聽到別人跟他說，也許他就會好好戒備吧，事實上，並沒有人向他提到任何一點點這部機器有多麼珍貴的事實。

有一天，帆村的事務所接到一通電話。助手大辻接了電話，詢問對方的姓名，對方只說：

「您是帆村先生嗎？」

大辻助手回答：「我不是帆村老闆。」對方便叫帆村先生聽電話，一直不肯透露身分。這時，大辻向帆村報告，總之，打這種電話來的人，通常是不想表明身分的案件事主，不用大驚小怪。

帆村接過電話，對方又謹慎地確認帆村的身分，這才表明來歷。

「……不瞞您說，我是內務省[1]的人，我們想要私下借助您的能力。」

雖然這是帆村第一次跟政府機關打交道，帆村認為協助政府機關當然沒什麼問題，姑且表示同意，並詢問委託的案件內容。

結果對方說：

「不行，在電話裡不能說，我想跟您碰個面。」

譯註1　一八七三至一九四七年間的政府機關，主要掌管國內的行政工作。

帆村問：

「好，請問我什麼時候方便過去呢？」

「我希望儘快。不過，因為這裡出入的人物也很複雜，這件事不能引起注意。所以我們在外面碰面吧。請您這麼做。」

這名自稱木村的官員對帆村說，請他在三十分鐘後，站在日比谷公園裡的某個地方，自己則會搭乘某某車牌的車子經過，到時候再請他上車，接下來就交給他處理。帆村回答了解之後，便掛掉電話。

他向大辻助手簡短地說了電話的內容後，便立刻出門了。此外，帆村為了確定自己被帶到哪裡，也請助手隨便開一輛車，躲在公園附近，小心地跟蹤，得知帆村被帶到哪裡之後，再立刻返回事務所，一個小時後，如果帆村還沒打電話回來，就立刻趕過來。儘管他不曾懷疑政府機關，但是壞人也有可能假扮成官員，讓自己卸下戒心。

帆村做好充分的準備之後，便遵照木村的安排，三十分鐘後，站在日比谷公園約好的地點。

五分鐘過後，一輛體積碩大，外型卻極為古典的轎車經過此處。原來如此，只消看一眼就知道這是官方的汽車。水箱上插著官方標誌的小旗子。

「哦哦，應該是這輛車吧。」

正當他這麼想的時候，車子在帆村面前停下來，車裡有一名年約四十歲左右，鼻子下方蓄著鬍鬚的紳士，將臉湊向帆村。

他以溫和的語氣叫帆村，

「我是木村。請上車吧。」

帆村就這樣上了車子。

然後，在木村的引導之下，他來到築地某家高級日式料理餐廳。時間正好是下午三點十七分。

「嗨，真是抱歉，帶您來到一個非常失禮的地方……。不過，如果不這麼做的話，我們拜託您處理官方重大事件這件事，馬上就會傳開來了。」

情報部事務官木村清次郎，完成初次見面的問候之後，立刻切入正題。

「……這是攸關政府重要事件的緊急調查事件，當然必須請您視為絕對機密。也許您已經知道了，老實說，現在有個有力的反政府團體，已經非常活躍地行動了。這個祕密團體的總部似乎在上海，總部每天都會發出訊息與指令，使用的通訊方式是加密的無線電，並且當然是使用密碼。由於它採用加密的方式，所以一般無線電根本收不到；再加上使用的符號是密碼，就算看了抄寫的複本，也不知道它的內容。他們採用的是這樣的雙重保密方式。您聽得懂嗎？」

帆村默默點頭。這種事他早就知道了。

木村事務官接著說：

「因為這是機密，必須了解清楚。現在的問題在於，如何解讀密碼。我們怎麼也無法解讀。」

他歪著頭，

「對方發過來的密碼文是六位數字。也就是像123456這樣的六位數字，表示A或B之類的文字。然而，不管我們用什麼方式破解，就是無法解讀那六位數字。也就是說，密碼解法在於另一個金鑰的六位數字，要搭配起來才能解讀。假設金鑰數字是330022，密碼文的每一個數字都要加上它。所以如果123456表示A的話，送來的數字不會是123456，而是加上金鑰數字330022的結果，也就是說，發過來的會是453478。因此，在453478的情況之下，就算半路被別人攔截，也絕對不會聯想到真正的密碼是123456。碰到這類型的密碼，金鑰數字扮演了關鍵的角色，……抱歉，我好像在唸繞口令似地，……最麻煩的是，每個月都會使用完全不同的金鑰。如果這個月是330022，下個月又會換成787878這種完全無關的數字了。這樣一來，解讀人員真的是欲哭無淚。」

說完，木村先生喝了一口茶。

餐廳的人將茶點擺在兩人面前就離開了。大概是聽了政府的命令，在呼叫之前，絕對不能主動進來。

「解讀人員都是箇中高手，不過面對的是六位密碼數字，光是找出金鑰數字就要花費好大一番工夫。費盡苦心終於解出來了，結果已經月底了，馬上又要進入下個月了，又要換新的金鑰數字了，再過一天，又要解不出對方的密碼了。於是他們又要再重新研究金鑰數字。對我來說，解讀人員的辛勞也讓我感到沉重的負擔。」

木村事務官深深嘆了一口氣。

帆村只是默默點頭。木村先生這番與密碼有關的內容，與他所了解的完全一致。

「問題在於金鑰數字，如果能在每個月結束之前順利發現的話，對我們來說就是最值得高興的事了。」

「原來如此。」

「您看看嘛。這組密碼金鑰到底是在什麼時間、用什麼方式送過來的呢？我們已經調查很久了，卻是直到最近才終於了解。」

「哦哦，真是一件喜事。」

帆村這時終於把身子往前傾。

「我們高興得眼淚都快要掉下來了。我們一直認為密碼金鑰一定是靠無線電發送的，沒想到不是這樣。地下組織總部的手法實在太周詳了。」

「哦哦。」

「您認為他們是用什麼方法將金鑰數字傳送到這邊的分部呢？」

「這我也……」

「老實說，目前我們也不是很清楚。」

「這樣的話……」

「不過，我們好不容易掌握到寶貴的線索。請您看看這個。」

說著，木村將一個黑色的折疊公事包推到帆村面前。

折疊公事包裡究竟裝著什麼呢？那是一片十六開大小的板子，上面有一片巨大的金色鋼筆筆尖。看來這是一幅鋼筆筆尖的廣告招牌。板子上還印著英國知名筆尖製造商的名字。而且板子上還釘著方便懸掛招牌用的金屬零件。

帆村搖搖頭說：

「真是個有趣的東西。不過，我不明白它跟密碼金鑰的數字有什麼關聯。」

「我現在向您說明。您一定能理解的。請看。」

說著，木村從包包裡拿出一個外型宛如手電筒的細長狀物品，把它對準筆尖招牌的背面。

「等一下我就會按下這支紫外線燈的開關，用紫外線照射這幅招牌的背面。乍看之下，這片板子沒有寫任何字，等一下就會出現相當有趣的東西了。」

木村先生手中那個細長狀看似手電筒的物品，原來是紫外線燈。正當帆村還在佩服的時候，他按下開關，瞬間在背板投射藍光。仔細一看，竟然出現了文字的形狀……。

上面寫著驚人的內容。

【①　x＝□□□□□＝74□×？】

【②在東京市銀座四丁目帝都百貨公司洋酒部的「蘇格蘭威士忌」的廣告背面。穿紅色上衣的人物鼻頭有星號】

車馬費一萬圓整

帆村莊六與木村事務官道別，正式開始活動。

鋼筆筆尖的招牌背面寫著 x＝□□□□□的□□□□□，正是他要找的密碼金鑰數字。不過上面並未載明數字，只寫著74□×？，用奇妙的寫法隱藏著。而且這是①，還寫著要去找②。真是讓人費解的鋼筆筆尖招牌。

帆村曾經再三詢問木村事務官，這片板子的來歷，不過事務官拒絕說明。還說了這段話。

「要是我告訴你這片板子的來歷，就會洩漏敝機關重要情報網的機密，恕我無法回答。不過，我可以肯定，它的可信度非常高。無庸置疑的是，這個□□□□□□就是下個月的密碼金鑰數字，但是沒有最關鍵的數字。我想只能到②的地點，也就是去銀座的帝都百貨公司的洋酒部，找到蘇格蘭威士忌的廣告，看了背面再說吧，我們想委託您進行這項工作。即使我們有心想做，卻動彈不得，之前也說過很多次了，只要我們採取行動，就會立刻被對方發現。把這個任務託付給您，正好是一個偽裝，而且我相信您的手腕一定比我們還要高明。希望您能考慮目前的狀況，即刻採取行動。而且要請您絕對保密。還有另一點，對您感到很抱歉，今天是二十六日，再五天就要進入下個月了。所以，希望您能即刻展開調查。請您使用一切的手段，早一個小時也好，儘快完成任務。要是拖得太久，將會對政府造成重大傷害，……還有，相信不用我再多說，請您務必小心保重自己的安危。」

說完，木村事務官便親手將一束一萬圓整的紙鈔遞給帆村，做為本次的車馬費。還說需要多少錢儘管開口，遞給他一張寫著市內某地點的祕密聯絡處名片。雖然那裡偽裝成一般民眾的住家，裡面可以撥打長途電話，也可以查詢電碼，甚至還詳細記載了轉碼內容。

與木村事務官的這場面談，為帆村莊六帶來一股難能可貴的興奮感覺。看來是個棘手的對象。不管要冒著什麼樣的危險，都要在未來五天之中，找出送到這裡的下個月密碼金鑰。他很清楚，這是一件難度相當高的工作。他從來沒聽說過這種像數學一樣的密碼。顯而易見地，這一定會是艱難的挑戰。

「好。不管發生什麼事，我都非要解開這六位數的密碼金鑰才行。」

帆村離開餐廳後，立刻直奔公共電話亭，打電話找大辻助手。遇到這類重大案件，也沒辦法跟大辻說得太清楚，總之他簡單說明，表示大概會外出五天，請他按照之前交代過的方式，在事務所留守。

「師父，您不帶我去，我很擔心您。這次情況沒辦法陪在您的身邊，請您務必小心自己的安全。」

大辻助手一直很擔心帆村的安危。

接下來，帆村的活動總算要開始了。只能單打獨鬥。他唯一的資本便是自己的腦袋與腕力。

①　x＝□□□□□□＝74□×？

該怎麼解開這個奇妙的密碼之謎呢？

總之，他的目標是②。銀座帝都百貨公司的洋酒部。

他立刻走向位於地下一樓的洋酒部賣場。

他佯裝成客人，漫無目的地閒逛，在洋酒賣場物色，不久，他就發現那幅蘇格蘭威士忌的手繪招牌，就擺在洋酒架上。上面果真畫著一個穿著紅色上衣，約莫西元一七〇〇年代的英國人。湊近一看，鼻頭畫著那個特殊記號——一顆星星。

「需要為您服務嗎？」

勢利眼的店員向帆村搭話。他的態度流露出一個訊息，這裡可不是像你這樣的窮鬼該來的地方。

「沒有啦。我在蒐集雞尾酒的材料。我想看一下那邊的架子，可以跟你借個梯子嗎？」

帆村把梯子搬過來，立刻爬上去探查。胡亂地對著昂貴的洋酒瓶品評一番。店員的態度出現了近乎可笑的一八〇度轉變。表示這裡沒有的洋酒都放在倉庫裡，我現在就去拿，便急忙衝到後方。帆村看準這個時機，站在梯子上，悄悄搬開正好被遮住的蘇格蘭威士忌手繪招牌，拿出木村事務官交給他的紫外線燈，照射招牌背面。

「啊，果然沒錯！」

雖然帆村早有心理準備，發現那裡以機密油漆，寫著他預料之中的祕密數字之謎，仍然難掩他的驚訝。那裡寫著的文字如下。

【第一圖】

②

8
74□) □□□□□□
□□□2

③ 在東京新宿追分「濱田」撞球場內，世界撞球選手「喬納森」的海報背面。袖釦有星號。

未完成的除法算式

在一圓計程車裡，帆村頻繁地翻看筆記本，歪著頭研究。

根據在帝都百貨公司找到②的記載，問題的六位數字果然呈現不可思議的除法形式。用74□除以那個謎之數字，得出商數的第一位數為8，將它乘以74□即可得到數字□□□2。

「真是讓人驚愕的密碼隱藏方法。」

帆村也感嘆不已。

光靠一個地方解不出來，似乎還要再追到第二個、第三個地點，才能解開密碼數字。同時，他所求的數字則是被除數，對於智慧不夠的人來說，終究無法參透。這是一個必須逐一導出□隱藏數字，才能得知所求神祕數字的巧思。

「還真困難啊。」

雖然心裡這麼想，要是不早點想出來，可就來不及了。危機迫在眉睫。

「好，我就儘量思考吧。」

帆村著迷地盯著抄來的筆記。看了一會兒，他突然有一個靈感。

「原來如此，果然還是要思考才行。慢慢就能解開了。」

他是這麼想的。

74□乘以8，答案是□□□2。像這樣乘以8，等到個位數是2的情況，應該不多。……他在筆記本加上以下的符號。

【第二圖】

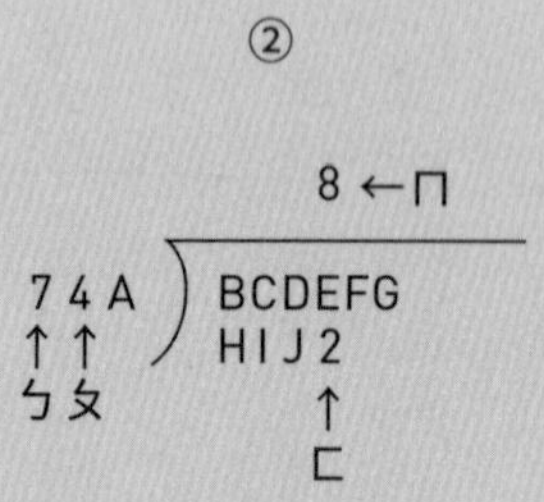

ABC等英文，是好幾個尚未釐清的數字。ㄅㄆㄇ則是7或4之類已經確定的數字。

所以現在問題是A。經過多方測試後，得知A的答案有兩個。也就是A＝4與A＝9的兩種情況。

假設A＝4，則為744×8，答案為5952。假設A＝9，則為749×8，答案為5992。兩者的個位數是2。這是第一個發現。

他因此打起精神，繼續思考，果然又能確定其中兩個無解數字了，帆村高興得都快要跳起來了。

這就是其中一組方框內的數字吧。

先說結論，目前可以決定H＝5、I＝9。因為按照前面所述，當A＝4時是5952，A＝9則5992，比較兩者後，可以得知千位數與百位數都一樣是59。所以當然就會是H＝5、I＝9。

「原來如此，這真是有趣的答案。」

帆村小小聲地叫出來，這時，他所搭乘的一圓計程車已經朝向新宿追分的馬路，放慢了速度，後照鏡中的司機回頭問：

「大哥，這邊可以嗎？」

帆村將重要的筆記本收進口袋裡，在路邊下車。

接下來要進入濱田撞球場了。不知道能不能順利找到那張海報呢？迎接他的將是晴天還是陰天，或是一場暴風雨呢？

現在還是傍晚時分，所以濱田撞球場的七張球桌，全都被學生或上班族佔滿了。帆村只能心不甘情不願地啜飲著計分員送來的茶水，等待球桌空出來……這是表面上的樣子，他正想趁著這個大好機會，到處欣賞場內四處懸掛的海報。

「沒有！怎麼都找不到。太奇怪了。」

帆村非常沮喪。因為他找不到理應存在的喬納森海報。要是找不到這張海報，偵探案件將在這裡遇到挫敗。他雙手抱胸，絞盡腦汁思考下一步。

過了一會兒，他的嘴角突然揚起微笑。他站起來，走向一名打扮得幾乎與熱毛巾難分難捨的太太身旁。

「太太，請問一下。喬納森的海報收到了吧？拿出來嘛。掛在牆上一定很好看。」

「喬納森的海報？哦哦，那個啊，還捲著，放在那裡沒碰呢。是這張吧？」

太太從架子上抽出一張捲起來的海報。拆開一看，果然印著喬納森的簽名。

帆村的第六感準確命中了。

帆村將那張海報貼在牆上，對計分員說：「一直等不到球桌，我先去下面喝紅茶了。」說完便走到外面。

走到外面後，他叫了一圓計程車，跳上車子。

「先生，請問您要去哪裡？」

「嗯，東京車站。我趕時間，開快一點。」

倫敦塔

帆村在平快車裡搖搖晃晃，搭乘東海道線下行。

他好不容易趕在下午六點整，跳上從東京車站發車前往岡山的列車。現在列車離開橫濱車站的月臺，朝向下一個停靠站大船，緩慢加速。

車廂裡空蕩蕩的。也許是時間的關係，這種各站停車的二等客車，乘客相當少。他翻找口袋，輕輕攤開重要的筆記本。

也不知道什麼時候，筆記本已經寫上標示著③與符號的下列內容。

【第三圖】

③

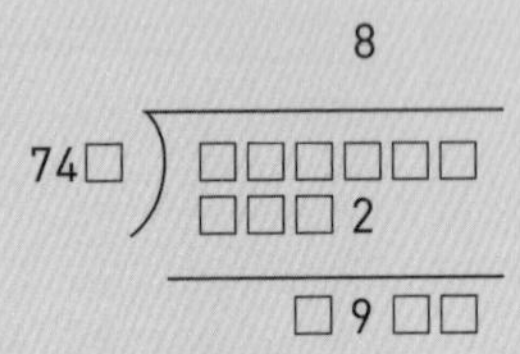

④ 在沼津市車站前，菊屋食堂邊著「倫敦」塔照片的鏡子背面。塔上第三個窗戶有星號。

這是收藏在新宿追分濱田撞球場裡，在世界知名撞球選手喬納森的海報背面，以紫外線燈照射後，迅速判讀的文字，帆村將它抄寫下來。如此一來，除法算式發展至三層，加了一層。

帆村有點生氣，將注意力集中在未完成的除法算式上。第三層多了一個□9□□的四位數字，不過，他想這樣一定能再類推出更多方框中的神祕數字。

他在筆記本上重新寫過。

【第四圖】

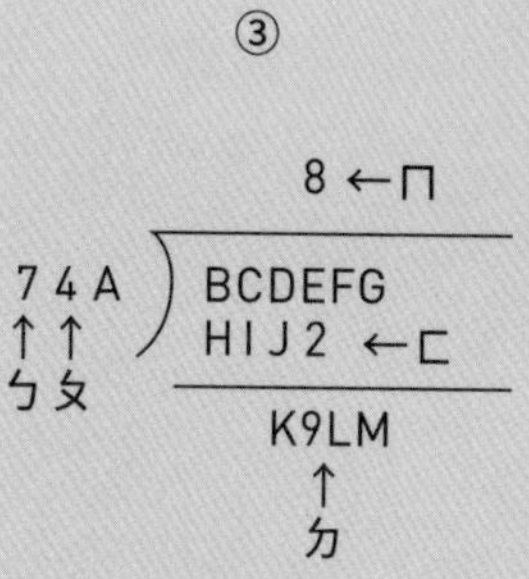

關於這個算式，首先可以得知D比J小。這是因為，在前面已經得知，J是5或9，但是下面的ㄉ出現9這個數字，表示如果這裡是9，上面的D一定要比下面的J還小。

所以D要向上一個位數C借1，用來減掉J。

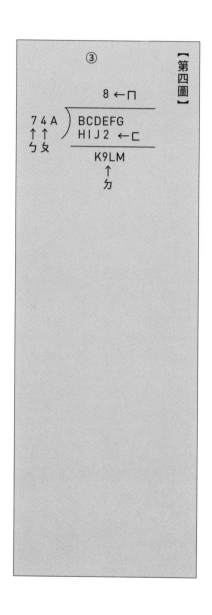

所以這時的C不可能為0。如果C為0，送1給D就會剩下9，不過下面的I是9，所以9－9＝0，K就必須是0了。然而，K並不是0，所以有一個方框。由此可以得知C也不會是0。

如此一來，可以確定B＝6。因為B下面的H是5，再下面已經沒有數字。同時C也不是0，假設C為9，把1借給D之後還剩下8，為了減去I，也就是9的話，B只能是6，沒有其他可能性了。

更進一步深入研究D，當除數為774時，D＝4，若為749時，D＝8。

按照道理，如果E小於2，是1或0的情況時，則要再借1給他，不過這時必須是E小於2的情況……。

其他的數字還沒辦法完全確定。帆村闔上筆記本，將目光移向車窗之外，不斷往後流逝的田園景色。旱田青翠蔚然，看來十分和平，正當他感嘆不已的時候，他感到一絲倦意，進入了夢鄉。

也不知道睡了多久。隨著列車的晃晃盪盪，他醒了過來。現在列車正放慢速度，駛進燈火輝煌的車站裡。一看站名，是沼津。現在正好是晚上八點五十五分。

他拋下列車，走出車站之外。

他的肚子餓得直發慌。因為另有想法，所以沒有在車上進食。他的想法別無其他。必須遵照那個像在尋寶一般的密碼引導，進入站前的菊屋食堂調查，如果忍耐一下，空腹會比較方便。

菊屋食堂懸掛著碩大的招牌，他馬上就找到了。

「大姊。我現在很餓哦。可以快點幫我準備餐點嗎？我看看，我要點炸蝦、生魚片、玉子燒、湯，還有咖哩飯，還有……」

女服務生嘻嘻笑了。因為他實在是點太多了。

帆村藉著這個機會，卸下女服務生的心防。

「欸，我看看，這座橋好漂亮啊。」

說著，帆村湊近牆壁。

「那是倫敦塔的照片哦。聽說從前有很多人在那裡被殺了呢。其中還有王子哦。」

「哦哦，妳懂得真多，實在是好漂亮，看起來不像是可怕的地方耶。長知識了。」

這時，裡面傳來叫喚女服務生的聲音。看來餐點已經完成了。……帆村輕而易舉地將倫敦塔翻到背面，看到鏡子背面以紫外線漆寫著的祕密文字。

正當他將內容抄寫在筆記本上的時候，女服務生以托盤端來熱騰騰的玉子燒。帆村若無其事地回到餐桌旁。

帆村接二連三地收拾掉不斷上桌的那些淡而無味的餐點，同時目光一直飄到牆上貼著的時間表。

「看來只能搭乘十點二十五分往神戶的快車了。」

他正在思考下一趟旅程。目的地是大阪。隨著逐漸往西前進，遠離東京，他感到愈來愈不安。他認為這是一種離開居留土地的思鄉病，瞧不起自己的脆弱心靈。

用餐完畢，看一下時間，距離乘車時間還有將近一個小時的空閒，他假裝在窗邊納涼，其實是在腦海中描繪剛才在鏡子後面讀到的，新的密碼進展。

他的筆記本上，寫著第五圖。

【第五圖】

④

```
       8□
     ┌──────────
74□ ) □□□□□□
      □□□2
      ──────────
        □9□□
        □74□
```

⑤ 在大阪市新世界「蘆部」劇場內展示的「羅賓漢」海報的右下角。有星號。

這時，已經增列答案的第兩個位數，不過是方框，所以不知道是什麼數字。第四層的四個數字□７４□中，只知道兩個字，是有力的線索。

帆村整理之後，加上之前已經得知的數字，在新的方框中加上記號。如下圖所示。

【第六圖】

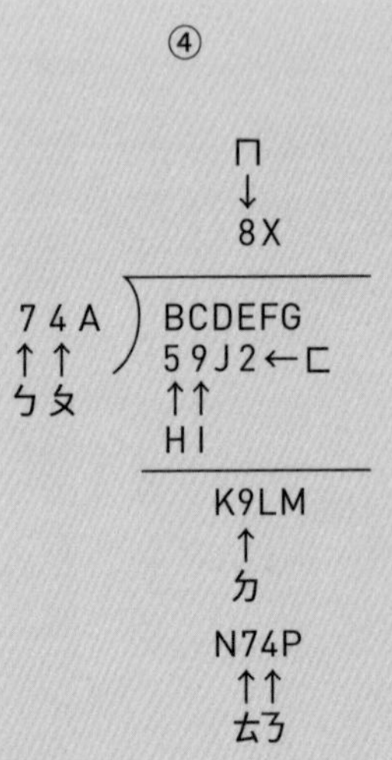

帆村不斷思考正確的答案。

既然ㄊㄋ是７４，就必須以它為目標。答案的第二個位數是X，X乘以除數的７４A，則會是N７４P。

然而，為了求出這裡的ㄊ為７，相對於除數，也就是７４A的７４，應該可以求出X的答案。

這時，用0到９來代入X，可以得知X的值為以下兩者的其中之一。X＝５或９。更進一步說明，若X為５，與除數前兩位數７４的積為３７０，可求出ㄊ為７。若X為９，積為６６６，則ㄊ為６，這時要再加上A×X的部分，當然６６６就會變成６７？，也就求得７了。

總而言之，這樣一來，可以假設X為５或９。

接下來，更進一步來檢討除數７４A的A為４或９，結果如下。

７４４、X＝５時，答案為３７２０。這並不符合□７４□，故假設不成立。

接下來，以７４４、X＝９來計算，求得答案６６９６，這也不符合□７４□，也不行。

這次假設A為9，用749、X＝5來計算，答案為3745，符合□74□。

另一項假設，同樣以749、X＝9來計算，則為6741，也符合。

如此一來，可以刪去744，749才符合。

現在可以確定A＝9。

至於X是5還是9呢？目前還無法確定。

既然A為9，就能清楚算出HIJ2為5992。之前就得知H與I了，現在可以確定J＝9。

剩下N是3或6，還有P是5或1，只剩下這些了。

思考到這個環節，帆村總算覺得好像放下肩頭的重擔了。他只想早點抵達大阪，解開這把金鑰。

求救訊號

帆村在列車上度過一夜。第二天早上的六點三十八分，列車駛進大阪車站。也許是精神過度緊張的關係，他的頭很痛。他仍然強忍著頭痛，在大阪街頭展開行動。

天王寺附近的新世界，乃是大阪市首屈一指的娛樂地帶。這裡有仿照艾菲爾鐵塔的通天閣，還擠滿了電影院、餐廳、旅館、放射能溫泉[2]等商家。

帆村只顧著解開謎題，臉也沒洗、飯也沒吃，就驅車前往新世界了。

蘆部劇場就在通天閣的旁邊。不過，現在實在是太早了，大門依然深鎖，沒辦法窺探內部的情況。詢問過路人後，得知必須再等三小時才會開門。他總算找到可以洗把臉、吃頓早餐的時間。等到劇場開始售票，帆村一馬當先地進入館內。他終於在這裡順利找到他期待多時的第五則留言。詳情如下。

譯註2 主要指鐳溫泉和氡溫泉，據說能治百病。

【第七圖】

⑤

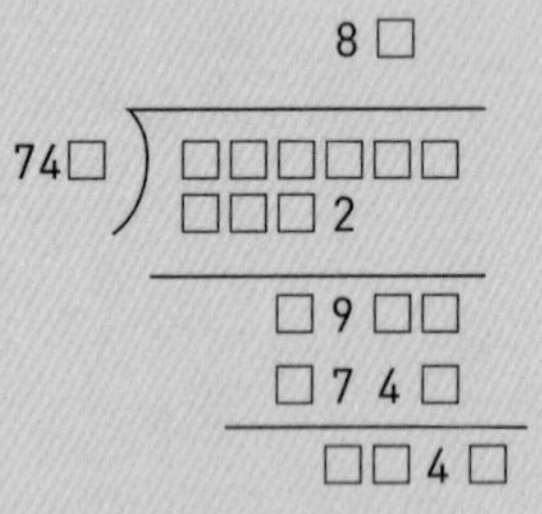

⑥ 置於富山市公民會館事務所的「音樂盒」時鐘盤面。商標處有星星記號。

出現第五層的四位數字□□4□。他標上QR4S的記號。

原本以為大概到這裡就能確定答案了，這時帆村只感到失望萬分。根本沒有新的進展。正如F＝M，G＝S，要是無法求出這些是什麼數字，根本無濟於事。

「看來非要早點去富山才行了。」

說著，帆村在蘆部劇場的休息室打了一個大大的呵欠。

看來，下一個富山就是終點了。一切都能在那裡畫下句點。

帆村站穩搖搖晃晃的身體，打電話給日本空輸[3]。

「喂，請問前往富山的客機還有座位嗎？對，我今天要搭。」

對方回答還有座位。於是他訂了機票，登記名字。詢問出發時間後，得知是上午十一點十分，還有一個半小時。

帆村走出公共電話亭時，突然很想喝酒。

雖然沒剩下多少時間，也不能到處閒逛，尤其是接下來要進行一場空中之旅。他只想去喝個一杯。於是他抱著這個念頭，在新世界走來走去，物色可以喝酒的地方。

譯註3　全日空ＡＮＡ的前身。

事後問起來，那裡好像是一條叫做軍艦橫丁的巷子，巷子裡開了好幾間在東京難得一見、朝氣十足的關東煮店。五、六名年輕女子，穿著大紅色的和服，坐在盛裝關東煮的鍋子對面，噹噹噹地用力撥著三味線。明明沒有客人上門，她們還是大聲唱著低俗的歌曲。在這大熱天，實在不想吃什麼關東煮，但是她們那爽快豪邁的三味線琴聲，似乎撥動帆村的心，於是他走進去點了酒。

後來發生的事，為了帆村的名譽，實在不怎麼想記下來。總之，到了當天夜裡十點，他才連滾帶爬地衝進大阪車站。

「我要去富山。給我一張車票。」

他用依然口齒不清的口吻，攀住售票亭的窗口。他似乎喝了不少酒。飛機什麼的，早就已經錯過了。

「喂，山下。你、你逃去哪裡啦？」

他還叫喚著自己根本不認識的人的名字。

他好不容易搭上晚上十點十八分的列車。才剛鑽進臥鋪，就發出酒鬼一般的打呼聲。看來他真的喝了不少。

直到被車掌叫起來，他才睜開眼睛。

他的腰桿無力，挺不直。到洗臉臺旁邊一看，全都客滿了。窗外的晨間山林與田野，泛著耀眼的光芒。

回到房裡一看，臥鋪已經收拾妥當。他沒有食欲。感覺好奇怪。昨天為什麼會喝那麼多呢？他還記得自己走進軍艦橫丁的關東煮店之後，喝個爛醉的事。後來，好像多了一個伴，跟某個人一起喝，喝個沒完沒了。在緊要大事之前，自己竟然會做出這麼不可思議的舉動。他覺得自己不像是醉了，比較像是被麻醉了……帆村悔恨極了。

到了富山車站，有許多人下車。

帆村也搖搖晃晃地下了車。走到外面，還是覺得很不舒服。

最後，他終於下定決心，衝進車站前的派出所。雖然他不太願意這麼做，如果自己太認真，反而造成更大的失態，對事件的委託人可就太失禮了。

讓警察看過身分證之後，辦公室的員警幫他打電話給總署。不久，一名叫做栗山的刑警還有一名醫生便來迎接帆村。

「這是麻醉藥造成的哦。你被下藥了吧？我馬上幫你打針。」

醫生露出了然於心的表情，準備打針。

「真的嗎？那個叫山下的男人果然不是什麼好東西。」

他依稀記得的那個叫做山下的酒伴，正是個可怕的人物。還好沒有危及生命安全，這是不幸中的大幸。醫生讓帆村躺在警察局的休息室休養。

栗山刑警則替帆村跑了一趟公民會館。並且幫他抄寫留言，寫下以下的除法算式。

【第八圖】

⑥

```
        8□3
74□ ) □□□□□□
      □□□2
       □9□□
       □74□
        □□4□
        □□□□
           0
```

（終）

最後還寫了「終」這個字，看來除法算式的尋寶之旅總算要在富山畫下句點了。

仔細看除法算式，答案終於到了最後一位數。多了3這個數字。而且算式還能除盡。這下子，這個除法算式總算完結了。

帆村按著疼痛的太陽穴，認真盯著筆記的內容。現在必須迅速求出答案才行。六位數的被除數，現在只知道第一個數字。

「帆村先生。請喝這個吧。」

醫生在杯子裡倒了熱酒，端到帆村的枕邊。帆村本來推辭，醫生笑著說：

「欸，這是本地最好的酒。一口氣把它乾了，反而可以快點恢復精神哦。」

帆村端起伴隨著親切心意的酒杯，進入最後的解題。

【第九圖】

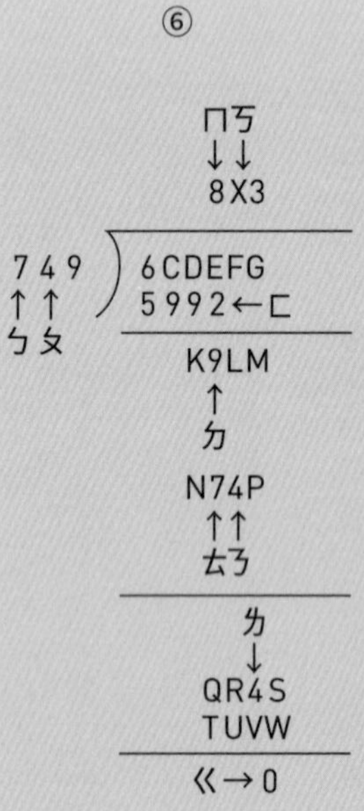

首先把算式整理成第九圖的樣子。這時第一眼可以看到答案個位數3的出現，乘以除數的749，為2247。也就是說TUVW是2247。從可以除盡這一點看來，V也必須是4，這點也符合。

因此，QR4S也一樣是2247。

此外，G＝S＝7。

接下來要求出哪個數字呢？

「這裡有點怪。」

帆村臉色一沉。

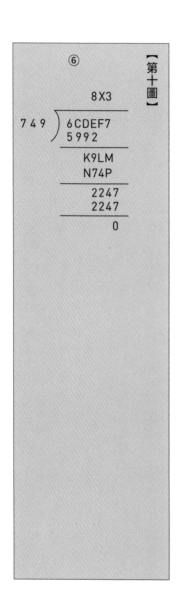

【第十圖】

到了第十圖……接下來卻怎麼也解不出來了。帆村痛苦地呻吟，翻了身。

「為什麼解不出來呢？我的腦袋壞掉了嗎？」

帆村握緊拳頭，用力敲了自己的頭。

「不行。解不出來。」

帆村覺得自己墜入算術地獄了。若非如此，那就是腦袋麻醉了。解到這個地步，卻算不出答案，該怎麼辦才好呢？一路來到遙遠的富山，在派出所休息室呻吟的自己，是世界上最可悲的人吧。快想點辦法啊！

不久，酒力發作了。不知道是精疲力盡，還是喝了酒的關係，他迷迷糊糊地睡著了。

謎題解開了

當眼睛睜開的那一刻，他突然覺得自己的身體好多了。

他再次拿起筆記本。

盯著筆記本上的圖表，看了好半晌，他忍不住呻吟，瞪大了眼睛。

「嗚嗚。」

他猛力地不斷敲打榻榻米。

待在隔壁房間的栗山刑警飛也似地衝進來。

「帆村先生，您怎麼了？」

「哦哦，栗山先生。我還趕得上今天飛往東京的班機嗎？」

「咦？您是說飛機嗎？我看看，下一班在下午一點四十分起飛，還有四十分鐘。怎麼了嗎？」

「我必須緊急回到東京。」

「您的身體不要緊嗎？」

「不，沒關係。我快解開謎題了。我必須立刻回去。請帶我去機場吧。」

親切的栗山刑警攙扶著帆村，將他送進機艙裡。

下午一點四十分，客機朝向東京出發了。

帆村面色蒼白地探出窗外，向送別的栗山刑警揮揮手。接下來長吁一口氣。

整整被騙了四天。

帆村的心一點也不安穩。

除法算式的金鑰到底怎麼了呢？

金鑰可以說解不出來，也可以說解開了。因為終究解不出預期的六位數字。那是故意讓人解不出來的。因為解答有兩個。

問題在於十位數的X。之前解到5或9的其中之一，現在，他很清楚X可以是5、也可以是9。也就是說，有兩種解答。

若X為5，可求得六位數的被除數為638897。若X為9，則為668857。密碼金鑰的數字，怎麼會有兩種答案呢？答案必須是唯一解才行。這時，帆村終於認清一切事實了。

「嗚嗚，被耍了！」

這時，他才如夢初醒。為什麼要騙他呢？敵人打算對帆村做什麼呢？一切都在謎霧之中。他心想，必須儘快趕回東京，才能解開這個謎團。看來，在東京等著他的，是超乎他想像的大事件。究竟是什麼事件呢？

帆村在下午四點抵達羽田機場。他立刻撥電話找木村事務官。出乎意料地，內務省回答他們根本沒有木村事務官這個人。不管他問幾次，就是沒有這個人。

即使是帆村，都要神色大變了。直到這一刻，他都認為木村是在內務省情報部工作的公務員，沒想到這一號人物卻如夢一場，消失得無影無蹤。

這時，他總算想到要打電話回自己的事務所了。沒想到電話一直無人接聽。負責留守的大辻在幹什麼呢？他感到一抹不安的情緒，心跳愈來愈快。

帆村覺得到此為止了，走出機場，叫了一圓計程車，全速趕回東京。木村事務官消失了，在事務所留守的大辻也不見人影。自己則被奇怪的謎樣數字絆住，整整四天被引導到各個地方。這到底是怎麼回事呢。

「哈哈，原來如此。是我大意了，竟然被耍得團團轉。哼，我慢慢想清楚了。一定是祕密組織那幫人！」

帆村的臉漲得愈來愈紅。

回到家後，帆村立刻與各單位聯絡，蒐集情報。遺憾的是，他不得不承認自己上當了。

根據立刻登門拜訪的專家說明，總算是真相大白了。欺騙帆村的，正是那個祕密組織的間諜。不管是木村還是山下，他們都是團體的成員。

最後留下的謎題，則是為什麼要用這種方式，把帆村帶到外面四天。

「這不是很清楚嗎？當然是為了你們事務所那臺短波無線電接受器啊。」

專家清楚明白地點出核心。

「咦？」

「之前沒收接受器的時候，他們沒辦法透過無線電，取得東京與上海的聯絡。於是他們把目標放在你這裡的接受器上。所以在這四天的時間，要把你趕離事務所。在這段期間裡，那幫人肯定用了你的機器，進行重要的通訊聯絡。我們也是這樣想的。」

就連帆村聽了這件事，都忍不住驚訝地發出「啊」的叫聲。原來那些間諜需要的是他的短波無線電接受器啊。

「結果留守的大辻怎麼了呢？」

後來，過了一週，大辻化為冰冷的遺體，回到帆村身邊。

怎麼會發生這種事呢？

不久，帆村在賬簿裡，找到大辻的手記，總算還原真相。那是以鉛筆速記的內容。

「接獲消息，師父身受重傷，要我馬上趕過去，我要出門了。八月二十六日，晚上十一點三十七分。」

這下總算真相大白了。只要大辻留在事務所，間諜就沒辦法使用短波無線電接受器，於是他們一定編造了帆村身受重傷的消息，將大辻騙出去，再把他幹掉。大辻並不是一個會認命被囚禁的男子，才會導致這樣的結局吧。

「就這樣，我被耍得團團轉，把臉都丟光了，上演了一場鬧劇，現在回想起來，還會冒冷汗呢。」

說完前所未聞的密碼數字事件，帆村重重地吁了一口氣。

作者簡介

海野十三（うんの じゅうざ，一八九七—一九四九）

日本科幻小說先驅、推理小說家。德島市出生，本名佐野昌一。早稻田大學理工學部畢業後，就職於通信省電器試驗所，從事無線電通訊相關研究。一九二八年於《新青年》發表〈電器澡堂的離奇死亡事件〉後正式出道，擅長描寫必須透過科學知識解謎的詭計、人體改造，甚至異星生物的侵略等幻想性十足的主題，比起運用邏輯搜查罪犯，更重視科學技術與心理認知，代表作包括〈俘囚〉、〈十八時的音樂浴〉、〈大腦手術〉等。

一九三一年展開以夏洛克・福爾摩斯的日文諧音為名的帆村莊六科幻偵探小說系列而廣為人知。戰前發表〈太平洋魔城〉、〈火星兵團〉等多部冒險主題作品，令昭和時期的科學少年們雀躍不已。一九四一年接受徵召以從軍作家身分加入海軍，晚年在同為推理小說家的摯友小栗虫太郎之死、日本戰敗的失意與咳血中度過，一九四九年因肺結核辭世，享年五十一歲。

鬼佛洞事件

究竟是天譴還是謀殺？

海野十三偵探推理短篇小說集

初　　版　2022年12月
定　　價　新台幣380元
ISBN　978-626-7096-22-2（平裝）

◎版權所有・翻印必究
◎書若有破損缺頁　請寄回本社更換

國家圖書館出版品預行編目 (CIP) 資料

鬼佛洞事件：究竟是天譴還是謀殺？海野十三偵探推理短篇小說集 / 海野十三 著；侯詠馨 譯 .-- 初版 . -- 台北市：四塊玉文創有限公司, 2022.12　288面；14.8X21公分 . -- (HINT：8)
ISBN 978-626-7096-22-2 (平裝)

861.57　　111017546

書　　名　鬼佛洞事件
作　　者　海野十三
譯　　者　侯詠馨
策　　劃　好室書品
特約編輯　陳靜惠、傅安沛、陳楷錞
封面設計　劉旻旻
內頁排版　洪志杰

發 行 人　程顯灝
總 編 輯　盧美娜
發 行 部　侯莉莉
財 務 部　許麗娟
印　　務　許丁財
法律顧問　樸泰國際法律事務所許家華律師

藝文空間　三友藝文複合空間
地　　址　106台北市安和路2段213號9樓
電　　話　(02)2377-1163

出 版 者　四塊玉文創有限公司
地　　址　106台北市安和路2段213號9樓
電　　話　(02) 2377-1163
傳　　真　(02) 2377-1213
E-mail　service@sanyau.com.tw
郵政劃撥　05844889 三友圖書有限公司

總 經 銷　大和書報圖書股份有限公司
地　　址　新北市新莊區五工五路2號
電　　話　(02) 8990-2588
傳　　真　(02) 2299-7900

SANYAU
http://www.ju-zi.com.tw
三友圖書
友直 友諒 友多聞

三友官網　三友 Line@

HINT

HINT